Οι φύλακες του αρχαίου μύθου

Γιατί το καράβι της φαντασίας
για να πλέει παντοτινά θέλει ούριο άνεμο

Κατασκευή Εξωφύλλου: Νεφέλη Καραδέδου - Ισουά
Εικονογράφηση: Νεφέλη Καραδέδου - Ισουά
Επιμ. Έκδοσης: Εκδόσεις Μέθεξις

Κεραμοπούλου 5, Θεσσαλονίκη ΤΚ 546 22
Τηλ. - Fax: 2310-278301
e-mail: info@metheksis.gr
www.metheksis.gr

ISBN: 978-960-6796-76-0

Αριθμ. Έκδοσης:83

Εύη Νικολαΐδου

Οι φύλακες του αρχαίου μύθου

Θεσσαλονίκη 2015

Στον Ανδρέα, τη Ναμίμπ, τη Λίλι και τον Κένεθ.
Σε όλα τα παιδιά... που αγαπούν τις περιπέτειες.

Ο γρίφος

I

Ήταν μια νύχτα σκοτεινή. Το φεγγάρι ήταν θολό, μόλις είχε αρχίσει να γεμίζει και τ' αστέρια καλά κρυμμένα μέσα στα φουσκωμένα σύννεφα. Έβρεχε ασταμάτητα. Ο Ανδρέας κοιμόταν κουκουλωμένος κάτω από το πάπλωμα. Οι κεραυνοί κι ο απόηχός τους τού προκαλούσαν πάντοτε παράξενα συναισθήματα.

Είχε ξαπλώσει από νωρίς. Το ξυπνητήρι θα χτυπούσε πολύ πρωί για το σχολείο. Μαθητής της πρώτης γυμνασίου, απ' τους καλύτερους της τάξης του. Ψηλός για τη ηλικία του με αθλητικό σουλούπι. Δε συμπαθούσε καθόλου το τυπικό σχολικό διάβασμα. Χίλιες φορές να είχαν εργασίες για τα μαθήματα παρά αυτήν την εκνευριστική παπαγαλία. Από μικρός είχε δυο μεγάλες αγάπες, την ελληνική μυθολογία και το ποδόσφαιρο. Καμία σχέση! Από τη μια τα γενεαλογικά δέντρα των ολύμπιων θεών κι οι περιπέτειές τους κι απ' την

9

άλλη οι ποδοσφαιρικές ομάδες, οι παίκτες, οι προπονητές, τα σκορ. Στο σχολείο τον ήξεραν όλοι. Ήταν ο μόνος εκπρόσωπος της πρώτης στο δεκαπενταμελές μαθητικό συμβούλιο, πάντοτε μέλος των επιτροπών που ζητούσαν εκδρομή από τον σύλλογο των καθηγητών.

Ο ήχος της βροχής ήταν ο μοναδικός ήχος που έσπαζε την απέραντη σιωπή εκείνης της νύχτας. Ξάφνου, ένα άπλετο φως έλουσε το δωμάτιο. Όχι, δεν είχε ξημερώσει. Ήταν μια λάμψη σαν να διαδέχονταν αμέτρητες αστραπές η μία την άλλη. Ο Ανδρέας πετάχτηκε από το κρεβάτι του που βρισκόταν κάτω από το παράθυρο. Περίμενε ν' ακούσει τον εκκωφαντικό ήχο των κεραυνών μετρώντας από μέσα του. Κάθε δευτερόλεπτο ισούται με ένα χιλιόμετρο, από τη στιγμή που η λάμψη θα φωτίσει τον ουρανό. Το θυμόταν απ' το δημοτικό. Στο 20 σταμάτησε το μέτρημα.

«Αυτοί έπεσαν πολύ μακριά», μονολόγησε.

Κοίταξε το κόκκινο ρολόι στο κομοδίνο του. Η ώρα ήταν 02:15 τα χαράματα. «Μα ακόμη;» Τού είχε φανεί ότι είχαν περάσει ώρες. Πλησίασε το κομοδίνο και πάτησε το διακόπτη της λάμπας. Η λάμπα δεν άναψε. Ανατρίχιασε! Η νύχτα αυτή ήταν διαφορετική, πολύ διαφορετική.

Κάθισε στο πάτωμα δίπλα στο κρεβάτι. Λύγισε τα πόδια του και τράβηξε το πάπλωμα. Σκεπάστηκε ολόκληρος χωρίς να ξέρει κι ο ίδιος από ποιον κρυβόταν. Λίγα λεπτά αργότερα έβγαλε έξω το χέρι του και με μια γρήγορη κίνηση άρπαξε το μαξιλάρι. Το έβαλε στα γόνατά του κι έγειρε πάνω το κεφάλι του. Αποκοιμήθηκε ως τη στιγμή που η λάμψη έγινε πάλι τόσο δυνατή σαν να τον σημάδευε κάποιος με ένα φακό μέσα στα μάτια. Άνοιξε μια χαραμάδα κι έριξε μια φευγαλέα ματιά στο ρολόι. 02:15. Πάλι. Δεν είχε περάσει ούτε ένα λεπτό. Έμεινε να κοιτάζει το ρολόι σαστισμένος. Ο δείκτης των δευτερολέπτων δεν γυρνούσε. Μα τι συνέβαινε; Μήπως έβλεπε όνειρο; Και τι ήταν αυτός ο ήχος;

Ο ήχος ερχόταν από μακριά κι ολοένα πλησίαζε. Ακουγόταν σαν τον αέρα που στροβιλίζεται μέσα στα φύλλα των δέντρων. Ή μάλλον όχι. Είχε πιο σταθερό ρυθμό. Σηκώθηκε και πλησίασε το παράθυρο. Αντίκρισε μια φιγούρα που ερχόταν αργά προς το μέρος του. Διέκρινε φτερά που ανεβοκατέβαιναν ρυθμικά. Ένα μεγάλο πουλί πετούσε προς το παράθυρό του με μία λάμψη εκτυφλωτική να του χαράσσει το δρόμο. Κοκάλωσε! Το πουλί πλησίαζε κι όλα γίνονταν πιο ξεκάθαρα. Ήταν ένας πελώριος αετός, ένας άσπρος αετός. Σε πολύ λίγο στεκόταν έξω από το παράθυρο.

«Υπάρχουν άσπροι αετοί;» απόρησε.

Ο αετός τον κοιτούσε μέσα στα μάτια σαν κάτι να περίμενε, σαν κάτι να ήθελε να του πει. Μπροστά του φάνταζε γίγαντας. Ο Ανδρέας πισωπάτησε. Η νύχτα είχε γίνει μέρα από το φως. Δεν ήξερε τι να κάνει. Ξανακοίταξε το ρολόι. 02:15 και πάλι.

«Δεν υπάρχει. Ονειρεύομαι», μονολόγησε.

Ο αετός τού έκανε νεύμα να έρθει πιο κοντά. Του Ανδρέα τού είχαν κοπεί τα πόδια. Το τεράστιο πουλί ακούμπησε το ράμφος του στο τζάμι. Ο Ανδρέας έκανε ένα βήμα μπροστά και μετά άλλο ένα κι άλλο ένα. Σήκωσε το χέρι του κι άνοιξε το παράθυρο. Τότε ο αετός τού μίλησε σε μια γλώσσα που την άκουγε πρώτη φορά μα την καταλάβαινε σαν να την ήξερε από πάντα.

Ας γίνω φύσημα του αέρα, μονομάχος του καλού
απ' τα σύνορα πιο πέρα σύντροφος του αετού.
Μία γλώσσα να μιλάω που δεν ξέρει άλλος κανείς
μες τη νύχτα να πετάω στις σταγόνες της βροχής.

Μετά πέταξε μακριά και χάθηκε μέσα στη νύχτα με τη λάμψη να τον ακολουθεί.

Το πρωί το ξυπνητήρι χτύπησε στις 07:10, όπως κάθε σχολική μέρα. Ο Ανδρέας άνοιξε τα μάτια του κοιτάζοντας ολόγυρα το δωμάτιο. Τι είχε συμβεί; Πότε είχε ξανακοιμηθεί; Ή μήπως δεν είχε ξυπνήσει καθόλου; Πήρε το πρωινό του, ντύθηκε, έβαλε την τσάντα του στον ώμο κι έφυγε για το σχολείο.

II

Το κουδούνι χτύπησε. Επιτέλους, τελείωσε και η τρίτη ώρα. Δύσκολο πρωινό. Ο Ανδρέας δεν μπορούσε να συγκεντρωθεί λεπτό. Το μυαλό του ήταν διαρκώς στην προηγούμενη νύχτα και στο παράξενο όνειρο.

«Όνειρο ή πραγματικότητα;»

Όλες οι αισθήσεις του τού έλεγαν ότι είχε ζήσει κάτι πραγματικό. Η λογική του όχι. Και τότε αισθήσεις και λογική άρχισαν ένα ξέφρενο παιχνίδι εντυπώσεων και υπεροχής.

«Δεν υπάρχουν πουθενά στον κόσμο άσπροι αετοί».

«Υπάρχει ένας και μοναδικός όπως υπάρχουν άνθρωποι που έχουν γεννηθεί με την καρδιά τους δεξιά».

«Και πώς γίνεται αυτή η λάμψη να ξύπνησε μόνο τον Ανδρέα;»

«Δεν το ξέρουμε. Ο Ανδρέας μίλησε σε κανέναν;»

«Και το ρολόι; Ο χρόνος έτσι απλά σταμάτησε;»

«Ίσως και να μη σταμάτησε. Εξάλλου τα όνειρα διαρκούν πολύ λίγο».

«Και από πότε μιλούν τα ζώα;»

«Από πάντα. Απλά δεν χρησιμοποιούν λέξεις όπως τις ξέρουμε εμείς».

«Μα ο αετός μίλησε. Κι ο Ανδρέας κατάλαβε τη γλώσσα του σαν να την είχε ακούσει εκατομμύρια φορές. Αν αυτό δεν είναι περίεργο, τότε πιο είναι;»

Ο Ανδρέας προσπάθησε να θυμηθεί τα λόγια του αετού. Αδύνατον. Το μόνο που τού είχε μείνει ήταν η εύηχη ομοιοκαταληξία. Ο αετός είχε μιλήσει για μονομάχους, για στοιχεία της φύσης, τον αέρα, τη βροχή. Ως εκεί. Δεν μπορούσε να θυμηθεί τίποτε άλλο.

«Μήπως πρέπει να τα παρατήσω;» αναρωτήθηκε. «Είναι τρελό ν' ασχολούμαι μ' ένα όνειρο όλη μέρα».

III

Το μεσημέρι στο τραπέζι ήταν σιωπηλός. Η μητέρα του, η Άννα, ρώτησε, όπως κάθε μέρα αν είχε γίνει τίποτε σημαντικό στο σχολείο. Ο Ανδρέας κούνησε αρνητικά το κεφάλι του δεξιά κι αριστερά.

Η Άννα έσκυψε μπροστά του.

– Έχεις κάτι αγόρι μου;

– Όχι.

– Τότε γιατί δε μιλάς; Ούτε τα μάτια σου σηκώνεις από το τραπέζι. Είσαι κουρασμένος; τον ξαναρώτησε δυναμώνοντας τον τόνο της φωνής της για να του αποσπάσει την προσοχή.

– Ναι, είναι κουρασμένος, πετάχτηκε η Κατερίνα, η μικρή του αδελφή.

– Κι εσύ πού το ξέρεις; τη ρώτησε με έκπληξη η Άννα.

– Το ξέρω. Το βράδυ δεν κοιμόταν. Κάτι έκανε στο δωμάτιο του, απάντησε η Κατερινούλα χαμογελώντας υπερήφανα που έδινε μια τόσο σημαντική πληροφορία.

Ο Ανδρέας την κοίταξε και κάτι πήγε να πει.

– Είναι αλήθεια, Ανδρέα; τον πρόλαβε η μητέρα τους. Δεν πιστεύω να μιλούσατε πάλι μέχρι αργά με τον Κωστή;

– Όχι, ακριβώς, αποκρίθηκε ο Ανδρέας. Είδα ένα παράξενο όνειρο και άργησα να ξανακοιμηθώ. Αυτό είναι όλο. Απλά νυστάζω. Τελείωσα. Θέλω να πάω πάνω, είπε και σηκώθηκε γρήγορα από το τραπέζι.

Άρχισε να ανεβαίνει τα σκαλιά και στη μέση σταμάτησε. Περίμενε να ακούσει αν η μητέρα τους θα ρωτούσε την αδερφή του κάτι για το προηγούμενο βράδυ. Τίποτε. Μπήκε στο δωμάτιό του αφήνοντας την πόρτα ανοιχτή και περίμενε την Κατερίνα ν' ανέβει. Ήταν μικρή αλλά δεν της ξέφευγε τίποτε. Τον τελευταίο καιρό ειδικά προσπαθούσε να πείσει τους πάντες ότι ήταν μια μικρή διανοούμενη. Μπορούσε πλέον να διαβάζει και να γράφει. Δεν ήταν και λίγο!

«Θέλω να τη δω σε λίγα χρόνια που θ' αρχίσουν τα δύσκολα», μονολόγησε.

Πέρασαν είκοσι λεπτά. Η Κατερίνα είχε καθυστερήσει. Συνήθως βοηθούσε τη μητέρα τους στο μάζεμα του τραπεζιού κάνοντας δεκάδες ερωτήσεις για ό,τι της ερχόταν στο μυαλό. Μετά ανέβαινε πάνω. Εκτός κι αν έκανε τα μαθήματά της στην τραπεζαρία. Ο Ανδρέας κατέβηκε να πάρει ένα ποτήρι νερό για να ελέγξει την κατάσταση. Η Κατερινούλα κάτι έγραφε. Η μητέρα τους τακτοποιούσε τα πιάτα.

– Μαμά, μπορείς να με βοηθήσεις να συλλαβίσω αυτή τη λέξη; την ρώτησε η μικρή.

– Θα σε βοηθήσω εγώ, προθυμοποιήθηκε ο Ανδρέας πιάνοντας την ευκαιρία από τα μαλλιά για να βρεθεί μόνος του μαζί της. Έλα, όμως, πάμε στο δωμάτιό μου.

Οι λέξεις που είχε να συλλαβίσει η Κατερίνα ήταν ρήματα: *παίζω, αγαπώ, τρέχω, ξυπνώ.* Από το τελευταίο ρήμα πήρε αφορμή ο Ανδρέας ν' ανοίξει τη συζήτηση.

– Κατερίνα, ξύπνησες καθόλου χθες το βράδυ;

15

– Μια φορά. Πήγα στο μπάνιο. Και επειδή θυμήθηκα ότι δεν έπλυνα καλά τα δόντια μου πριν κοιμηθώ τα βούρτσισα ξανά. Όπως ξέρεις τα δόντια μας πρέπει να τα προσέχουμε γιατί..

– Ναι ξέρω, την πρόλαβε. Εσύ, όμως, πού ξέρεις ότι εγώ άργησα να κοιμηθώ;

– Σε άκουσα.

– Τι άκουσες δηλαδή;

– Μάλλον δεν σε άκουσα, σε είδα.

– Με είδες;

– Ναι, την ώρα που περνούσα από την πόρτα σου σε άκουσα να μονολογείς και κοίταξα από την κλειδαρότρυπα. Δεν το έκανα από περιέργεια, αλήθεια. Από ενδιαφέρον το έκανα!

– Όντως δεν το συνηθίζεις κάτι τέτοιο, απορώ, σχολίασε χαμογελώντας ο Ανδρέας. Και μετά, τι είδες από ενδιαφέρον;

– Σε είδα να κάθεσαι στο πάτωμα και να σκεπάζεσαι με το πάπλωμα. Τι έκανες, Ανδρέα; Ονειροβατούσες;

– Μακάρι να ήξερα, μουρμούρισε. Είδες κάτι άλλο;

– Όχι. Γιατί;

– Δηλαδή δεν είδες μια δυνατή λάμψη;

– Είδα πολλές λάμψεις. Ήταν οι αστραπές. Οι αστραπές φωτίζουν τον ουρανό πριν από τους κεραυνούς γιατί..

– Ξέρω, ξέρω, τη διέκοψε ο Ανδρέας. Εκτός από τις αστραπές είδες κάτι άλλο;

– Όχι. Είδες εσύ; τον ρώτησε η μικρή με ορθάνοιχτα μάτια.

– Όχι, δεν είδα. Ούτε άκουσες παράξενους ήχους;

– Τους κεραυνούς εννοείς; Μιλάς μπερδεμένα, απάντησε η Κατερίνα. Κάποιο όνειρο είδες και δεν το θυμάσαι. Το έχω πάθει κι εγώ. Και ξέρεις τι λένε; Αν πριν κοιμηθείς σκέφτεσαι κάτι συνέχεια, θα το δεις και στον ύπνο σου αν πραγματικά το επιθυμείς. Καλό, ε; Το έχω μάθει απ' έξω!

Η Κατερίνα πήγε στο δωμάτιό της. Ο Ανδρέας είχε μπερδευτεί ακόμη περισσότερο. Έπρεπε να το αφήσει για λίγο να ξεχαστεί. Τι ήταν, όμως, αυτό που τον κρατούσε; Τι ήταν αυτό που τον έκανε να αισθάνεται πως κάτι κρυβόταν πίσω από όλα αυτά;

IV

Βράδιασε. Όλοι είχαν κοιμηθεί. Ο Ανδρέας, όμως, είχε άλλα σχέδια. Έπρεπε πάση θυσία να μείνει ξύπνιος τουλάχιστον ως τις 02:15. Είχε αγοράσει αθλητικά περιοδικά, ποπκορν κι άκουγε τα αγαπημένα του τραγούδια.

Μέχρι τις 00:00 η ώρα κύλησε εύκολα. Μετά κάθε λεπτό ήταν ένας αιώνας. Το χαμηλό φως της λάμπας τού έδινε τη χαραστική βολή.

«Δεν πρόκειται ν' αντέξω», μονολόγησε απογοητευμένος.

Δεν έπρεπε, όμως, να κοιμηθεί. Σκέφτηκε, λοιπόν, τον κολλητό του τον Κωστή. Σίγουρα θα κοιμόταν αλλά ήταν η μόνη λύση. Έτσι του έστειλε μήνυμα.

«ΦΙΛΕ, ΞΥΠΝΑ. ΘΕΛΩ ΒΟΗΘΕΙΑ!»

Ο ήχος του εισερχόμενου μηνύματος ακούστηκε σαν καμπάνα μέσα στην ησυχία. Ο Κωστής άπλωσε το χέρι στο κομοδίνο και άρπαξε το κινητό. Σε λίγα δευτερόλεπτα ο Ανδρέας λάμβανε το απαντητικό μήνυμα του φίλου του.

«ΠΑΣ ΚΑΛΑ; ΤΕΤΟΙΑ ΩΡΑ;»

«ΤΟ ΠΡΩΙ ΘΑ ΕΙΝΑΙ ΑΡΓΑ. Ο ΓΡΙΦΟΣ ΘΑ ΛΥΘΕΙ ΣΤΙΣ 02:15».

«Ο.Κ. ΤΙ ΘΕΛΕΙΣ ΝΑ ΚΑΝΟΥΜΕ ΑΛΛΑ ΑΥΡΙΟ ΘΕΛΩ ΟΛΕΣ ΤΙΣ ΛΕΠΤΟΜΕΡΕΙΕΣ».

«ΚΡΑΤΑ ΜΕ ΞΥΠΝΙΟ».

Οι δύο φίλοι έπιασαν την κουβέντα. Τα λεπτά δεν περνούσαν. Όμως γι' αυτό δεν είναι οι φίλοι; Στις 02:14 τα μηνύματα σταμάτησαν. Οι λεπτομέρειες έμειναν για το πρωί.

Ο Ανδρέας στάθηκε στο παράθυρο. Κάρφωσε το βλέμμα του μπροστά και περίμενε. Τίποτε δεν θύμιζε τη μυστηριώδη ατμόσφαιρα της προηγούμενης νύχτας. Σύννεφα πουθενά. Ο ουρανός ξάστερος, έβλεπες καθαρά ως το απέναντι βουνό. Δεν κουνιόταν φύλλο. Ούτε αστραπές, ούτε λάμψεις, ούτε εκείνος ο ήχος. Η ώρα είχε πάει 03:00. Απογοήτευση. Ο Ανδρέας έκλεισε την λάμπα του γραφείου και ξάπλωσε. Δεν πέρασαν δύο λεπτά και τον είχε πάρει ο ύπνος.

Το πρωί, πριν χτυπήσει το ξυπνητήρι, χτύπησε το κινητό του. Ήταν ο Κωστής.

–Έλα, καλημέρα. Τι έγινε; Κοιμήθηκες τελικά ή όχι;

–Φίλε άστα. Κοιμήθηκα γύρω στις 03:00 αλλά τζίφος. Άδικα σε ξύπνησα.

– Γιατί; Τι έγινε τελικά;

– Τίποτα δεν έγινε, του εξήγησε ο Ανδρέας καθώς έκλεινε τη τσάντα του για το σχολείο.

– Άστο. Έρχομαι να σε πάρω.

Τα σπίτια των δύο φίλων ήταν πολύ κοντά. Κάθε πρωί πήγαιναν μαζί σχολείο.

Ο Ανδρέας περιέγραψε στον Κωστή ό,τι είχε συμβεί εκείνη τη νύχτα. Τη λάμψη που τον είχε τυφλώσει στα μάτια και είχε πεταχτεί μέσα στον ύπνο του, το ρολόι που είχε σταματήσει, τον ήχο που ερχόταν από μακριά, τον άσπρο αετό που στεκόταν στο παράθυρό του, το ότι του είχαν κοπεί τα πόδια...

– Και τι ήθελες να μάθεις χθες το βράδυ; τον ρώτησε ο Κωστής.

– Δεν ήθελα να μάθω. Να θυμηθώ ήθελα. Πρέπει να θυμηθώ τα λόγια του αετού. Το κλειδί είναι αυτοί οι στίχοι.

Περνώντας την αυλόπορτα του σχολείου έκαναν και οι δύο την ίδια σκέψη. Ήταν Παρασκευή. Θα κανόνιζαν το βράδυ να κοιμηθεί ο Κωστής στον Ανδρέα και θα είχαν όλο το χρόνο στη διάθεσή τους για να δουν τι θα κάνουν. Μπήκαν στις αίθουσές τους και το μάθημα άρχισε.

V

14:00. Μια ακόμη σχολική εβδομάδα έφτασε στο τέλος της. Όλοι στην τάξη έβαζαν όπως-όπως τα βιβλία τους στην τσάντα και γίνονταν καπνός. Ο Ανδρέας δεν βιαζόταν. Καθυστερούσε επίτηδες. Την τελευταία ώρα είχαν Φυσική. Θα μιλούσε στον καθηγητή του μήπως κι έβγαζε καμιά άκρη.

Ο Ιωάννου ήταν ο αγαπημένος καθηγητής όλων των μαθητών. Νέος, γύρω στα σαράντα με πολύ χιούμορ. Στο μάθημά του δε βαριόταν ποτέ κανείς. Τα παιδιά τον εμπιστεύονταν, τού ζητούσαν συμβουλές.

Ο Ανδρέας δεν ήξερε πώς ν' αρχίσει. Μόλις ο καθηγητής είχε μαζέψει όλα του τα πράγματα, τον πλησίασε.

– Κύριε Ιωάννου, μπορώ να σας απασχολήσω για λίγο;

– Και το ρωτάς; Υπάρχει κάτι που δεν κατάλαβες απ' όσα είπαμε στο μάθημα;

– Όχι, δεν έχει σχέση με το μάθημα. Η απορία μου προέκυψε έτσι στα ξαφνικά, απάντησε ο Ανδρέας γενικά κι αόριστα.

– Μμμ.. Ξαφνική απορία. Πνεύμα ανήσυχο! Είμαι όλος αυτιά.

– Όταν βρέχει πολύ και πέφτουν κεραυνοί δημιουργούνται μαγνητικά πεδία, έτσι δεν είναι;

– Δεν θα το έλεγα μαγνητικά. Καλύτερα ηλεκτρομαγνητικά πεδία, τον συμπλήρωσε διακριτικά ο καθηγητής.

– Και τα ηλεκτρομαγνητικά πεδία μπορούν να επηρεάσουν τις ηλεκτρικές συσκευές;

– Τι εννοείς να επηρεάσουν τις ηλεκτρικές συσκευές; Ν' αρχίσει, για παράδειγμα, η τηλεόραση να αλλάζει κανάλια από μόνη της; αστειεύτηκε ο κύριος Ιωάννου.

– Όχι, βέβαια, αποκρίθηκε ο Ανδρέας χαμογελώντας. Αυτό που θέλω να πω είναι αν είναι δυνατόν μια ηλεκτρική συσκευή να σταματήσει να δουλεύει λόγω των αλλεπάλληλων κεραυνών.

– Εννοείται πως είναι δυνατόν. Καταρχήν από τους κεραυνούς προκαλείται πολλές φορές αυξομείωση στην τάση του ηλεκτρικού ρεύματος. Στην περίπτωση αυτή οι συσκευές μπορεί να σταματήσουν να λειτουργούν για ένα-δυο δευτερόλεπτα και μετά να επανέλθουν σε λειτουργία.

– Υπάρχει περίπτωση να μην λειτουργήσουν και για ώρες; συνέχισε ο Ανδρέας σηκώνοντας τα φρύδια του από αμηχανία.

– Φυσικά και υπάρχει. Αλλά τότε το ρεύμα έχει διακοπεί λόγω του ότι οι κεραυνοί πιθανόν να έχουν πέσει σε κάποιο ηλεκτρικό σταθμό ή σε κάποιο πυλώνα της ΔΕΗ.

Ο Ανδρέας άκουγε τον καθηγητή του και το μυαλό του έτρεχε με χίλια. Αυτά τα ήξερε. Άλλο ήθελε να μάθει αλλά αν τον ρωτούσε θα καρφωνόταν. Αποφάσισε να μην το συνεχίσει.

– Κατάλαβα, είπε. Άρα δεν είναι κάτι το αξιοπερίεργο.

– Καθόλου αξιοπερίεργο. Προχθές μ' εκείνη την καταιγίδα υπήρχαν περιοχές που δεν είχαν ρεύμα για δύο ώρες. Η δική μας περιοχή έμεινε χωρίς ρεύμα για σαράντα λεπτά περίπου.

– Αλήθεια; Έτσι εξηγείται.

– Τι εξηγείται;

– Τίποτε το σπουδαίο. Απλά σταμάτησε το ρολόι στο κομοδίνο μου και το πρωί δεν χτύπησε το ξυπνητήρι, αιτιολογήθηκε. Σας ευχαριστώ πολύ για τις διαφωτιστικές σας διευκρινήσεις. Καλό μεσημέρι.

– Χαρά μου που βοήθησα. Αν θέλεις μπορείς να μπεις στο google και να αναζητήσεις περισσότερες πληροφορίες πληκτρολογώντας το όνομα του Χανς Κρίστιαν Έρστεντ. Ήταν Δανός φυσικός και χημικός και ο πρώτος που μίλησε για τα ηλεκτρομαγνητικά πεδία. Καλό μεσημέρι και σε σένα.

Ο Ανδρέας βγήκε από την αίθουσα ανακουφισμένος. Το ένα μέρος του γρίφου του είχε λυθεί. Για μια στιγμή κοντοστάθηκε.

«Για στάσου! Το ρολόι μου σταμάτησε στις 02:15. Το ξυπνητήρι πώς χτύπησε το πρωί στην ώρα του;»

Ο προβληματισμός του επέστρεψε πιο έντονος από πριν. Τη σκέψη του διέκοψε ο ήχος της εισερχόμενης κλήσης.

– Έλα, Κωστή, απάντησε βιαστικά.

– Καλά, πού είσαι; Σε περιμένω μισή ώρα. Ο Κωστής ακουγόταν εκνευρισμένος στην άλλη μεριά της γραμμής. Δεν είπαμε να περάσουμε πρώτα από το σπίτι μου για να τους πούμε για το βράδυ;

– Sorry, έχεις δίκιο. Μιλούσα με τον Ιωάννου. Σε δύο λεπτά είμαι εκεί.

Οι δύο φίλοι θα συναντιόνταν στο πάρκο λίγο πιο κάτω από το σχολείο. Έμεναν σε μια ορεινή περιοχή λίγο πιο έξω από την Θεσσαλονίκη. Το τοπίο εκεί είναι τελείως διαφορετικό από αυτό της πόλης. Τα σπίτια είναι χτισμένα στο βουνό, μέσα στη φύση. Όπου και να γυρίσει κανείς το βλέμμα του αντικρίζει πεύκα, έλατα, ροδιές, λεμονιές, κερασιές. Τα χρώματα των λουλουδιών μπλέκονται με τα αρώματα που αναδύουν. Τα σπίτια έχουν αυλές. Δεν είναι τυχαίο που τα τελευταία χρόνια κατοικείται όλο και περισσότερο.

Η μητέρα του Κωστή αρχικά αντέδρασε.

– Ξέρω ότι αν πας στον Ανδρέα θα ξενυχτίσετε μπροστά στον υπολογιστή, ήταν η πρώτη της κουβέντα.

Ο Κωστής την κοίταξε επίμονα μέσα στα μάτια. Πόσο πολύ τον ενοχλούσε όταν το έκανε αυτό. Αν ήθελε να πάει στο φίλο του μόνο και μόνο για να ξενυχτίσει θα μπορούσε να το κάνει και από το δωμάτιό του. Οι μαμάδες όλα τα ξέρουν! Η Ειρήνη κατάλαβε, σαν να είχε διαβάσει τη σκέψη του.

– Εντάξει, μπορείς να πας. Αύριο είναι Σάββατο.

Ο Κωστής ανέβηκε βιαστικά στο δωμάτιό του να πάρει τα απαραίτητα. Ο Ανδρέας τον περίμενε κάτω.

– Θα κάτσεις για το μεσημεριανό μαζί μας; τον προσκάλεσε η Ειρήνη. Απ' ότι θυμάμαι το ψητό κατσαρόλας σου αρέσει πολύ.

– Ευχαριστώ για την πρόσκληση αλλά σήμερα επιστρέφει ο πατέρας μου από το συνέδριο στην Ισπανία και θα φάμε όλοι μαζί.

23

– Και για πού ετοιμάζεται ο Κωστής; Αυτές είναι οικογενειακές στιγμές. Μια στιγμή, είπε και κατευθύνθηκε προς τη σκάλα που οδηγούσε στα δωμάτια.

– Κυρία Ειρήνη δε χρειάζεται, την πρόλαβε ο Ανδρέας. Ο Κωστής είναι μέλος της οικογένειάς μας, κατά κάποιο τρόπο. Αφήστε που ο πατέρας μου θα μας φέρει και τις φανέλες που του ζητήσαμε.

– Κατάλαβα! Ο άνθρωπος πήγε για δουλειά κι εσείς τον φορτώσατε με παραγγελίες.

– Κατά βάθος του αρέσει, μη νομίζετε.

Στο μεταξύ ο Κωστής είχε κατεβεί.

– Είμαι έτοιμος. Λοιπόν, μαμά, τα τηλέφωνα τα έχεις. Μην ανησυχείς. Θα περάσουμε τέλεια, της είπε και φύγανε χωρίς καθυστέρηση.

VI

Στο σπίτι του Ανδρέα η ατμόσφαιρα ήταν γιορτινή. Μετά το μεσημεριανό οι δύο φίλοι ανέβηκαν βιαστικά στο δωμάτιο να δοκιμάσουν τις φανέλες τους. Ο Ανδρέας φόρεσε τη φανέλα του Λιονέλ Μέσι και ο Κωστής του Κριστιάν Ρονάλντο.

– Είμαστε έτοιμοι για δράση, είπε με πυγμή ο Κωστής.

– Είμαστε, είμαστε, συμπλήρωσε ο Ανδρέας, καμαρώνοντας πάνω του τη φανέλα του αγαπημένου του ποδοσφαιριστή.

– Θα μου πεις τελικά τι έγινε στο σχολείο το μεσημέρι;

Ο Ανδρέας αφηγήθηκε στο φίλο του τη σύντομη συζήτηση που είχε με τον Ιωάννου.

– Τώρα που το σκέφτομαι καλύτερα να μην έλεγα τίποτα.

– Γιατί; τον ρώτησε ο Κωστής βάζοντας το κινητό του να φορτίζει.

– Θυμήθηκα ένα περιστατικό που συνέβη όταν ήμουν πέντε χρονών.

– Δηλαδή;

– Ήταν Νοέμβριος. Ένα βράδυ έβρεχε πάρα πολύ. Οι κεραυνοί νόμιζες πως έπεφταν στις διπλανές αυλές. Εγώ έπαιζα στο δωμάτιό μου. Οι γονείς μου ήταν κάτω στο σαλόνι. Η Κατερίνα δεν είχε γεννηθεί ακόμη. Ξαφνικά όλα σκοτείνιασαν. Πίσσα σκοτάδι, δεν έβλεπες στο μισό μέτρο. Άρχισα να κλαίω. Φοβόμουν το σκοτάδι. Η μητέρα μου από κάτω μου έλεγε πως ερχόταν, να μην φοβάμαι. Με πήρε αγκαλιά και κατεβήκαμε στο σαλόνι. Ο πατέρας μου είχε ανάψει κεριά. Θυμάμαι που είπε στη μητέρα μου πως είχε γίνει διακοπή ρεύματος από τους αλλεπάλληλους κεραυνούς. Εγώ συνέχισα να κλαίω ώσπου με πήρε ο ύπνος στον καναπέ.

– Κι εγώ όταν ήμουν μικρός φοβόμουν το σκοτάδι. Κοιμόμουν πάντα μ' ένα μικρό φως αναμμένο. Τώρα πού κολλάει όλο αυτό με το γρίφο;

– Κολλάει λέει! Κάπου, όμως, το χάνω και δεν ξέρω πού.

– Τι ώρα είπες πως έδειχνε το κόκκινο ρολόι όταν σταμάτησε;

– 02:15. Γιατί;

– Μισό, περίμενε.. Χθες, όμως, στις 02:15 εσύ δεν κοιμόσουν, έτσι δεν είναι;

25

– Ναι.

– Άρα, ποιο είναι το συμπέρασμα;

– Ποιο είναι το συμπέρασμα; απάντησε με ερώτηση ο Ανδρέας.

– Το συμπέρασμα είναι, συνέχισε ο Κωστής, ότι δεν έγινε τίποτε γιατί εσύ πολύ απλά δεν κοιμόσουν! Θέλει πολύ μυαλό;

Ο Κωστής είχε δίκιο. Ο Ανδρέας πετάχτηκε από την καρέκλα του γραφείου πηγαίνοντας πάνω-κάτω στο δωμάτιο.

– Πώς δεν το σκέφτηκα;

Στο μυαλό του ήρθαν τα λόγια της Κατερινούλας

«Αν πριν κοιμηθείς σκέφτεσαι κάτι συνέχεια, θα το δεις και στον ύπνο σου, αν πραγματικά το επιθυμείς».

Μάταια προσπαθούσε να μείνει ξύπνιος ως αργά. Άδικα προσπαθούσε να θυμηθεί τα λόγια του αετού. Εάν ήταν κάτι σημαδιακό θα ξαναέβλεπε τον αετό στο όνειρό του. Απλά έπρεπε να κοιμηθεί.

Ένιωσε να φεύγει ένα βάρος από πάνω του. Δεν θα πήγαινε αυτός προς το όνειρο. Το όνειρο θα ερχόταν και πάλι σε αυτόν, εάν του ανήκε από την αρχή.

VII

Ήταν περασμένα μεσάνυχτα. Οι δύο φίλοι είχαν αποκοιμηθεί βλέποντας μια ταινία. Η κούραση της προηγούμενης νύχτας είχε νικήσει πανηγυρικά.

Ο Ανδρέας κοιμόταν βαθιά, πολύ βαθιά. Τίποτε δεν έμοιαζε να μπορεί να ταράξει τη γαλήνη του ύπνου του εκείνη τη βραδιά. Τίποτε εκτός από τον κρύο αέρα που γλιστρούσε ύπουλα μέσα στο δωμάτιο. Ένα στιγμιαίο ρίγος διαπέρασε το κορμί του από την κορυφή ως τα νύχια. Κουλουριάστηκε με το πάπλωμα. Πέρασαν λίγα λεπτά και μετά η ίδια αίσθηση του κρύου που κάνει όλους τους μύες να συσπώνται. Ένιωθε τη μύτη του παγωμένη. Οι αισθήσεις του ξυπνούσαν η μία μετά την άλλη. Άνοιξε με δυσκολία τα μάτια του. Ο Κωστής στο διπλανό κρεβάτι κοιμόταν αμέριμνος. Γύρισε το βλέμμα του στο κόκκινο ρολόι. Η ώρα ήταν 04:55 τα χαράματα. Τίποτε το παράξενο, λοιπόν. Τυχαίο το γεγονός.

Ήταν τόσο κουρασμένος. Με μάτια μισόκλειστα σήκωσε το χέρι του κι έκλεισε το παράθυρο πάνω από το κρεβάτι του. Λίγα λεπτά αργότερα το ρίγος επέστρεφε και πάλι.

«Λες να 'χω πυρετό;» αναρωτήθηκε.

Η προσπάθειά του να κοιμηθεί συνεχίστηκε για πολλή ώρα. Στο τέλος δεν άντεξε. Θα σηκωνόταν να φορέσει ακόμη μία φούτερ, ίσως και κάλτσες για να ζεσταθεί. Κακώς δεν το είχε κάνει από την αρχή. Όπως όταν μας ξυπνά εκείνη η ενόχληση αλλά βαριόμαστε να πάμε στο μπάνιο και το μόνο που καταφέρνουμε είναι να μην κοιμηθούμε καθόλου μέχρι τελικά ν' αναγκαστούμε να πάμε. Και φυσικά έχει πια ξημερώσει.

Σαν υπνωτισμένος κατευθύνθηκε προς την ντουλάπα. Με την άκρη του ματιού του είδε μια κίνηση της κουρτίνας

27

μπροστά από την μπαλκονόπορτα. «Γι' αυτό κρυώνω;» Έκανε να την κλείσει αλλά κάτι εμπόδιζε τα δύο φύλλα να ενωθούν. Τράβηξε την κουρτίνα. Δεν υπήρχε τίποτε. Δύο μέτρα πιο μπροστά, όμως, κάτι υπήρχε.

Έξω, στη μικρή στρόγγυλη βεράντα κάποιος είχε αφήσει κάτι που θύμιζε άλλη εποχή. Έμοιαζε με πάπυρο. Μια λεπτή χρυσή κορδέλα τον κρατούσε τυλιγμένο. Αυτή τη φορά δεν δίστασε καθόλου. Βγήκε έξω και τον πήρε στα χέρια του. Έλυσε την κορδέλα με προσοχή. Ο πάπυρος άνοιξε πλημμυρίζοντας με μια ζεστή λάμψη την βεράντα. Το πρόσωπο του Ανδρέα καθρεφτίστηκε στην εσωτερική του επιφάνεια που αντανακλούσε τα πάντα όπως το νερό. Στεκόταν για αρκετή ώρα κοιτάζοντας το είδωλό του. Ένιωσε πως το όνειρο επέστρεφε. Δεν ήξερε τι έπρεπε να κάνει.

«Δεν θυμάμαι, συγνώμη», ψιθύρισε. «Δεν θυμάμαι τα λόγια».

Το πρόσωπό του εξαφανίστηκε και στην υγρή επιφάνεια του πάπυρου εμφανίστηκαν διασκορπισμένα χρυσά γράμματα με ένα λαμπερό περίγραμμα, σαν να έκαιγε μια δυνατή φλόγα από πίσω τους. Στην αρχή δεν έβγαινε νόημα. Τα γράμματα όμως άρχισαν να πυκνώνουν, να οργανώνονται σε ομάδες, να αφήνουν μεταξύ τους κενά σχηματίζοντας λέξεις. Οι στίχοι που προσπαθούσε τόσο απεγνωσμένα να θυμηθεί..

«Πρέπει να το κάνω δικό μου», είπε επιτακτικά στον εαυτό του και άρχισε να διαβάζει ψιθυριστά.

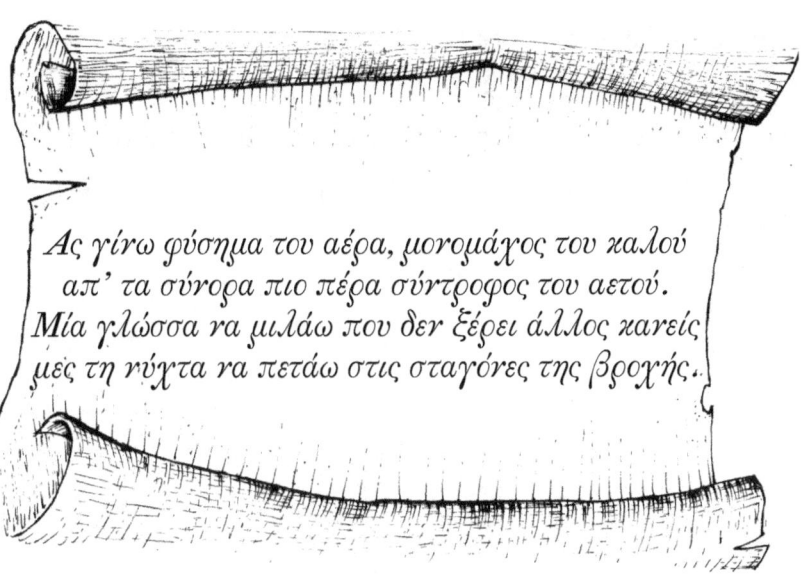

Ας γίνω φύσημα του αέρα, μονομάχος του καλού
απ' τα σύνορα πιο πέρα σύντροφος του αετού.
Μία γλώσσα να μιλάω που δεν ξέρει άλλος κανείς
μες τη νύχτα να πετάω στις σταγόνες της βροχής.

Ο πάπυρος έγινε αστερόσκονη δημιουργώντας μπρο-
στά από τον Ανδρέα ένα λαμπερό νοητό μονοπάτι. Άρχισε
να ψιχαλίζει. Από μακριά ακούστηκε ο ρυθμικός ήχος εκεί-
νης της νύχτας. Ο Ανδρέας έγειρε το σώμα του μέσα στο
δωμάτιο και κοίταξε το κόκκινο ρολόι. 02:15! Η καρδιά
του φτερούγισε από προσμονή. Αυτή τη φορά δεν φοβό-
ταν καθόλου. Η φιγούρα του αετού φάνηκε από μακριά.
Έφτασε στα σκαλιστά κάγκελα της στρογγυλής βεράντας.
Κοίταξε για λίγο τον Ανδρέα και κατόπιν του γύρισε τη
ράχη του. Ο Ανδρέας δίχως να το σκεφτεί πάτησε στο περ-
βάζι και ανέβηκε. Δεν τον ενδιέφερε πια αν ήταν όνειρο ή
πραγματικότητα.

Ο αετός σήκωσε το κεφάλι του προς τον θολό από τα σύννεφα ουρανό, άνοιξε διάπλατα τα φτερά του και εγκατέλειψε το έδαφος. Ήταν μοναδικό! Πετούσανε μαζί μέσα στη νύχτα, μέσα στις σταγόνες της βροχής. Οι στίχοι έπαιρναν ζωή!

Η συνάντηση

I

Ο άσπρος αετός πετούσε μέσα στα υγρά σύννεφα αψη-
φώντας τη βροχή. Ο Ανδρέας έκλεισε τα μάτια του και
πήρε μια βαθιά ανάσα. Δεν ήξερε πού πήγαιναν. Ούτε
τον ένοιαζε. Είχε γαντζωθεί γερά στη ράχη του γιγάντιου
πουλιού και κοιτούσε κάτω. Δεν είχε ξημερώσει ακόμη μα
πέρα μακριά στον ορίζοντα, εκεί όπου έφτανε το μάτι, είχε
αρχίσει να φαίνεται αχνά το πρώτο φέγγισμα του ήλιου.
Κοίταξε το ρολόι στον καρπό του χεριού του. Οι δείκτες
έδειχναν 02:15.

Ζάρωσε το μέτωπό του σκεφτικός.

«Σε λίγο όλα θα βρουν τις απαντήσεις τους», μουρμού-
ρισε κι έσκυψε πίσω από το κεφάλι του αετού για να μη δα-
κρύζουν τα μάτια του από τον αέρα. «Πάντως αν ήταν εδώ
ο Κωστής, με την υψοφοβία που έχει, θα του είχε κοπεί η

ανάσα. Κι όμως είναι τόσο όμορφα να βλέπεις τον κόσμο από ψηλά».

Τις σκέψεις του διέκοψε η απότομη στροφή που έκανε ο αετός αλλάζοντας κατεύθυνση. Ο Ανδρέας έσφιξε τα χέρια του γύρω από το λαιμό του και κόλλησε τα πόδια του πάνω στο σώμα του. Ο αετός έστρεψε το κεφάλι του προς τα πίσω διασταυρώνοντας το βλέμμα του με του Ανδρέα.

– Δεν υπάρχει λόγος να φοβάσαι.

Ο Ανδρέας σάστισε. Ποιος του είχε μιλήσει;

– Μην απορείς. Απλά ψάξε με μέσα στο μυαλό σου.

–Τι εννοείς μέσα στο μυαλό μου;

– Αυτό ακριβώς που κάνεις τώρα. Μιλάς με τις λέξεις κλειδωμένες μέσα στη σκέψη σου. Μιλάς με το μυαλό σου.

– Πλάκα κάνεις! Κάτι σαν τηλεπάθεια δηλαδή.

Έμεινε για αρκετή ώρα να κοιτά τον ορίζοντα αποσβολωμένος. Στο μυαλό του ξαναήρθαν οι εικόνες των τελευταίων ημερών. Άφησε στην άκρη κάθε τι περιττό και απευθύνθηκε με όλη τη δύναμη της σκέψης του στον αετό.

– Ονειρεύομαι ή είμαι ξύπνιος; τον ρώτησε σιωπηλά.

– Και ονειρεύεσαι και είσαι ξύπνιος, του απάντησε μ᾽ ένα νεύμα.

Ο Ανδρέας ξεφύσησε.

– Και ονειρεύομαι και δεν κοιμάμαι. Δεν καταλαβαίνω.

– Κάνε λίγη υπομονή. Σε λίγο φτάνουμε και οι απαντήσεις που ψάχνεις θα σου δείχνουν το δρόμο για να τις ακολουθήσεις.

– Λίγο ακόμη μπορώ να περιμένω.

II

Χαράματα. Ο αετός πετούσε χαμηλά με πιο αργό ρυθμό. Αριστερά απλωνόταν η θάλασσα, δεξιά τα απέραντα δάση. Τα πεύκα, οι λεύκες, τα πλατάνια καθρεφτίζονταν στα καταγάλανα νερά. Ο Ανδρέας δεν χόρταινε τις αισθήσεις του. Ρουφούσαν λαίμαργα κάθε εικόνα, κάθε ήχο, κάθε μυρωδιά.

Λίγο παρακάτω το βλέμμα του καρφώθηκε σε μια μικρή παραλία που ξεπρόβαλε μέσα από την πυκνή βλάστηση. Τρία παιδιά ήταν καθισμένα γύρω από μία φωτιά. Είχαν το βλέμμα τους στραμμένο ψηλά.

– Εσένα περιμένουν, τον διαβεβαίωσε ο αετός.

– Εμένα;

Ο αετός τού έγνεψε καταφατικά και ανοίγοντας διάπλατα τα φτερά του τέντωσε τα πόδια του και προσγειώθηκε μαλακά στην αμμώδη παραλία. Όταν ο Ανδρέας κατέβηκε από τη ράχη του ένιωσε το έδαφος να κουνιέται σαν να βρισκόταν μέσα σε βάρκα. Η ζεστή αύρα που ερχόταν από τη φωτιά τού χάιδεψε το πρόσωπο. Τού ήρθε αναγούλα. Έστριψε αργά και πήγε προς τη θάλασσα. Έριξε μπόλικο νερό στο πρόσωπό του ώσπου συνήλθε. Επέστρεψε στη συντροφιά των παιδιών τρομερά αμήχανος γι' αυτό που είχε συμβεί.

– Όλα καλά; τον ρώτησε ένα κορίτσι με ψιλή φωνή.

– Ε... ναι, μια χαρά. Ευχαριστώ.

Ο Ανδρέας βρήκε ευκαιρία να ρίξει από μια κλεφτή ματιά στα υπόλοιπα τρία παιδιά που κάθονταν γύρω από τη φωτιά.

Στα δεξιά του καθόταν οκλαδόν το κορίτσι με τη χαρακτηριστική ψιλή φωνή. Ήταν μικροκαμωμένη με ωχρή επιδερμίδα. Είχε μαύρα ίσια μακριά μαλλιά δεμένα σε αλογοουρά και σχιστά μάτια. Δίπλα της από τα αριστερά στεκόταν ένα αγόρι με φαρδιές πλάτες και ψηλό λαιμό. Ήταν προσηλωμένος στις φλόγες της φωτιάς. Στη δεξιά του παλάμη κρατούσε ένα μικρό κλαδί, το οποίο περνούσε με απίστευτη δεξιοτεχνία από το ένα δάχτυλο στο άλλο. Ανάμεσα στα δύο παιδιά καθόταν ένα κορίτσι με έγχρωμη επιδερμίδα και φουντωτά κατσαρά μαλλιά. Τα χαρακτηριστικά του προσώπου της έδεναν τόσο αρμονικά μεταξύ τους προσδίδοντάς της μια σπάνια αγαλμάτινη ομορφιά.

Το αγόρι που καθόταν δίπλα στον Ανδρέα πήρε το λόγο.

– Είμαι ο Κένεθ. Έχει καταλάβει κανείς τι ακριβώς γίνεται εδώ πέρα;

– Περίπου, απάντησε το όμορφο έγχρωμο κορίτσι. Με λένε Ναμίμπ, συμπλήρωσε γυρίζοντας προς τον Ανδρέα. Εσένα, πώς σε λένε;

Ο Ανδρέας συστήθηκε.

– Σίγουρα δεν περιμένουμε κανέναν άλλο;

– Εγώ είμαι η Λίλι, πετάχτηκε το κορίτσι με τα σχιστά μάτια θέλοντας να δηλώσει την παρουσία της.

– Απ' ότι φαίνεται δεν θα έρθει κανένας άλλος, συνέχισε η Ναμίμπ. Ξημέρωσε και δε νυστάζω καθόλου. Εσείς;

– Όχι, αποκρίθηκαν όλοι με μια φωνή.

– Τι ώρα είναι; ρώτησε ο Κένεθ.

–Κοίταξαν τα ρολόγια τους. Μετά από τόσες ώρες ήταν ακόμη 02:15.

– Μα πού βρισκόμαστε; Χαθήκαμε μέσα στο χρόνο; μονολόγησε έντρομη η Λίλι κουλουριάζοντας τα χέρια της γύρω από το σώμα της.

– Όχι πανικός, είπε ο Ανδρέας. Είναι θέμα χρόνου να ξεκαθαρίσουν όλα. Μου το είπε κι ο αετός.

– Δηλαδή σου μίλησε; ρώτησε η Ναμίμπ.

– Γιατί, σε σας δε μίλησε;

– Όχι, απάντησαν ένας-ένας ανταλλάσσοντας περίεργες ματιές.

Ο Ανδρέας τούς ανέφερε τη σιωπηλή συζήτησή με τον αετό που του ζητούσε να του μιλήσει με τη σκέψη του.

– Δηλαδή μπορείς να ακούσεις και τις δικές μας σκέψεις; ρώτησε ο Κένεθ ψιθυριστά σαν να μην ήθελε να τους ακούσει κανείς άλλος.

– Εεεε.. δε νομίζω, αποκρίθηκε ο Ανδρέας. Δεν διάβαζα τις σκέψεις του. Μιλούσαμε.

– Κάτι δεν πάει καλά, μονολόγησε και πάλι η Λίλι.

Η Ναμίμπ έβαλε αποφασιστικά το σακίδιό της στον ώμο.

– Δεν έχει νόημα να περιμένουμε άλλο. Φεύγουμε.

Συμφώνησαν όλοι. Ήταν η πρώτη τους κοινή απόφαση αλλά όχι και η τελευταία. Απλά ήταν η αρχή.

III

Η παραλία ήταν δύσβατη. Δεν υπήρχε δρόμος διαφυγής παρά μόνο μέσα από το νερό. Τα παιδιά ακολούθησαν βήμα προς βήμα τη δεξιά πλευρά που έμπαινε μέσα στη θάλασσα. Ήταν γεμάτη βράχια. Σχημάτισαν μια αλυσίδα για να σκαρφαλώσουν με ασφάλεια στην επίπεδη επιφάνεια του εδάφους. Οι ακτίνες του ήλιου από ψηλά προμήνυαν μια καυτή μέρα. Ανέβηκαν. Η βλάστηση στο δάσος ήταν πυκνή. Δεν υπήρχαν μονοπάτια. Προχωρούσαν χωρίς να έχουν την παραμικρή ιδέα πού πήγαιναν.

Ξαφνικά όλα σκοτείνιασαν. Οι σταγόνες που ξεκόλλησαν από τα σκούρα σύννεφα ήταν η πρώτη ένδειξη για τη δυνατή καταιγίδα που θα ακολουθούσε. Η μέρα έγινε νύχτα. Τα παιδιά τρύπωσαν κάτω από τον γερμένο κορμό ενός πελώριου πλάτανου και περίμεναν να κοπάσει η μπόρα. Δεν κράτησε πολύ. Σύντομα τα μανιασμένα σύννεφα έδωσαν και πάλι τη θέση τους στον ήλιο. Οι τέσσερις φίλοι βγήκαν από το φυσικό τους υπόστεγο. Λίγα μέτρα παρακάτω αντίκρισαν κάτι που τους άφησε άναυδους.

«Τέλειο!», «Απίθανο!», «Απίστευτο!», «Τρομακτικό!», ακούστηκαν οι ψίθυροι του Ανδρέα, της Ναμίμπ, του Κένεθ και της Λίλι.

Η πυκνή βλάστηση που φάνταζε απροσπέλαστη είχε σκιστεί στη μέση σαν μια κόλλα χαρτί. Είχε ανοίξει ένα μονοπάτι. Δεν φαινόταν πού οδηγούσε. Το ακολούθησαν. Τους έβγαλε σε μια διχάλα.

– Προς τα πού λέτε να πάμε; ρώτησε ο Ανδρέας.

– Δεξιά, πρότεινε η Λίλι.

– Κι εγώ, το δεξί μονοπάτι διαλέγω. Εσύ Κένεθ;

– Όποιο να 'ναι.

–Μια στιγμή, τους διέκοψε η Ναμίμπ. Υπάρχουν σημάδια. Αν τα διαβάσουμε σωστά θα ξέρουμε τι να κάνουμε. Μην πατήστε πουθενά. Ελάτε όλοι από πίσω μου. Μη με κοιτάζετε έτσι, ξέρω πολύ καλά τι σας λέω. Έχετέ μου εμπιστοσύνη.

Η Ναμίμπ γονάτισε στο σημείο όπου το μονοπάτι χωριζόταν στα δύο. Παρατήρησε κάθε λεπτομέρεια στο έδαφος. Πέρασε την παλάμη της τεντωμένη με τα δάχτυλα κλειστά μερικά εκατοστά πάνω από το χώμα σαν να το σκάναρε. Έσκυψε ακουμπώντας το μάγουλό της στο νωπό έδαφος. Πήρε μια βαθιά ανάσα και φύσηξε με δύναμη και προς τις δύο κατευθύνσεις. Πρώτα στην αριστερή και μετά στη δεξιά.

«Αυτό είναι», μονολόγησε. Σηκώθηκε.

–Θα πάμε από 'δω, είπε δείχνοντας με το χέρι της το δεξί μονοπάτι.

– Αυτό δεν είχε πει και η πλειοψηφία; Γιατί κουράστηκες άδικα; την πείραξε ο Κένεθ.

Η Ναμίμπ ανταπέδωσε το χαμόγελο.

Το δεξί μονοπάτι ήταν μια μεγάλη ανηφόρα. Ο Ανδρέας βάδιζε σκεφτικός. Είχε ενώσει μέσα στο μυαλό του τα δύο πρώτα κομμάτια του παζλ. Η Ναμίμπ διάβαζε τα σημάδια της φύσης κι αυτός επικοινωνούσε με το μυαλό του. Η Λίλι κι ο Κένεθ; Ο αετός δεν τούς είχε διαλέξει στην τύχη. Αλήθεια, ο αετός πού ήταν;

Η Ναμίμπ χρειάστηκε άλλες δύο φορές να αξιοποιήσει τις γνώσεις της. Το αριστερό μονοπάτι και μετά πάλι το δεξί. Βγήκαν σ' ένα ξέφωτο. Ένα ρυάκι το χώριζε στη μέση. Τα παιδιά έτρεξαν στην όχθη. Ήπιαν λαίμαργα νερό. Στάθηκαν για λίγο να ξεκουραστούν. Το τοπίο δεν είχε αλλάξει όψη. Το δάσος απλωνόταν το ίδιο επιβλητικό και πλούσιο. Ο Ανδρέας κοίταξε στην κορυφή της πλαγιάς. Μέσα στα πυκνά δέντρα διέκρινε κάτι.

– Κοιτάξτε εκεί πάνω! Εκεί, λίγο πριν την κορυφή. Το βλέπετε κι εσείς ή είναι ιδέα μου; Εκείνος ο καπνός που ανεβαίνει προς τον ουρανό.

– Έχει δίκιο, αναφώνησε η Λίλι. Άντε, μην καθυστερούμε. Πάμε!

Τα παιδιά έμειναν να την κοιτάζουν απορημένα με αυτή την ξαφνική εκδήλωση θάρρους. Συμφώνησαν. Πάτησαν πάνω στις πέτρες και πέρασαν απέναντι. Γεμάτοι ανυπομονησία πήραν την ανηφόρα.

Ο μύθος

I

«Τελικά δεν είναι και τόσο κοντά!». Η Ναμίμπ σταμάτησε να πάρει μια ανάσα.

Η πλαγιά ήταν πιο μεγάλη από όσο είχαν εκτιμήσει στην αρχή. Ο ήλιος μεσουρανούσε καυτός κάνοντας την ανάβαση ακόμη πιο κουραστική.

– Κι αν έχουμε πάρει τη λάθος κατεύθυνση; ρώτησε η Λίλι.

– Αποκλείεται, την καθησύχασε ο Ανδρέας. Σκέψου λογικά.

Αυτό το τελευταίο ούτε κι ο ίδιος ήξερε γιατί το είπε.

– Εδώ δεν ξέρουμε πού βρισκόμαστε, τι ώρα είναι στην πραγματικότητα. Τη λογική που την είδες;

Είχε δίκιο η Λίλι. Όσο και να έψαχνες λογική δεν θα έβρισκες σε αυτή την ιστορία. Εκτός κι αν ήταν κάπου καλά κρυμμένη..

41

II

Επιτέλους! Η κατάκτηση κάθε κορυφής, είτε μικρής είτε μεγάλης, είναι ένα επίτευγμα για το οποίο πάντα αισθάνεσαι υπερήφανος.

– Τα καταφέραμε! φώναξε ο Ανδρέας που προπορευόταν σηκώνοντας θριαμβευτικά τα χέρια του.

Οι υπόλοιποι επιτάχυναν το βήμα τους ξεχνώντας τη ζέστη και την κούραση.

Μπροστά τους απλωνόταν ένα μικρό ξέφωτο που το πλαισίωναν πανύψηλα δέντρα. Μέσα από τα κλαδιά τους ακούγονταν τα τιτιβίσματα και οι μελωδικοί σκοποί εκατοντάδων πουλιών. Στο κέντρο βρισκόταν ένα ξύλινο σπίτι σαν κι αυτά που υπάρχουν μέσα στα παραμύθια. Αμυγδαλιές και καρυδιές δημιουργούσαν μια νοητή αυλή. Ένα πέτρινο πηγάδι δέσποζε στα δεξιά της αυλής. Απέναντι υπήρχε ένας φούρνος, χτιστός από πέτρα και λάσπη. Μπροστά στην πόρτα του σπιτιού ήταν ξαπλωμένος με αμέριμνο ύφος ένας σκύλος. Μόλις αντιλήφθηκε τον ερχομό των παιδιών σηκώθηκε στα τέσσερα δηλώνοντας την ιδιότητα του φύλακα της περιοχής. Τα παιδιά κοντοστάθηκαν.

– Περιμένετε λίγο, είπε ο Ανδρέας. Δε φαίνεται απειλητικός, αρκεί να μην αισθανθεί ότι τον απειλούμε.

Πλησίασε κι άπλωσε το χέρι του με την παλάμη προς τα επάνω. Με αυτήν την κίνηση του φανέρωσε τις φιλικές του προθέσεις. Όταν τους χώριζε περίπου ένα μέτρο λύγισε τα πόδια του για να διασταυρωθούν τα βλέμματά τους στο ίδιο ύψος. Ο σκύλος δεν άργησε ν' ανταποκριθεί. Πλησίασε τον Ανδρέα. Η υγρή του μύτη ακούμπησε τα δάχτυλά του κι αμέσως κούνησε την ουρά του.

– Όλα καλά, είπε χαϊδεύοντάς τον με απαλές κινήσεις. Ελάτε ένας-ένας.

Η αίσθηση ότι κάποιος πλησίαζε διέκοψε τη γνωριμία των υπόλοιπων παιδιών με το κατοικίδιο.

– Καλωσορίσατε! Σας περίμενα, ακούστηκε μια αέρινη φωνή από πίσω τους. Βλέπω γνωριστήκατε ήδη με την Κρίστυ.

Στο μεταξύ η Κρίστυ είχε βρεθεί ήδη στην αγκαλιά της αφεντικίνας της και απολάμβανε τα χάδια της.

Τα παιδιά έμειναν ακίνητα για μερικά δευτερόλεπτα σαν να είχε πατήσει κάποιος ένα κουμπί και είχε παγώσει τη στιγμή. Η κοπέλα που μόλις τους είχε μιλήσει είχε μια θεϊκή ομορφιά. Ήταν ψηλή με άσπρη επιδερμίδα σαν το γάλα και μαλλιά πολύ μακριά, σαν στάχυα. Τα μάτια της ήταν διάφανα. Η γαλανή τους απόχρωση μαζευόταν μόνο στο περίγραμμα της κόρης αφήνοντας στο εσωτερικό μια φωτεινή κρυστάλλινη λάμψη. Και η χροιά της φωνής της ήταν τόσο απαλή, σαν βελούδο. Το βλέμμα τους την ακολούθησε καθώς έμπαινε μέσα στο σπίτι ανοίγοντας την ξύλινη πόρτα που έτριξε.

– Ελάτε μέσα, μη φοβάστε, τους είπε καθώς η φωνή της χανόταν στο εσωτερικό του σπιτιού.

Τα παιδιά πέρασαν το κατώφλι. Το φως έλουζε το σπίτι εισβάλλοντας αχόρταγα από τα μεγάλα παράθυρα που υπήρχαν σε κάθε πλευρά. Ο χώρος ήταν τετράγωνος, ενιαίος, δίχως μεσοτοιχίες. Τα έπιπλα ανέδυαν τη μεστή μυρωδιά του κέδρου. Κάθε γωνιά ήταν αυτόνομη και λειτουργική. Η Ναμίμπ χάζευε το μεγάλο ξύλινο κρεβάτι με το λεπτό τούλι που κρεμόταν από ψηλά και το κάλυπτε απ' άκρη σ' άκρη.

– Έλα Ναμίμπ, κάθισε μαζί μας. Κι εσύ Λίλι, τις προσκάλεσε ευγενικά η κοπέλα.

Τα δύο κορίτσια πλησίασαν. Ο Ανδρέας κι ο Κένεθ είχαν καθίσει αναπαυτικά σε κάτι μεγάλα μαξιλάρια, ριγμένα στο πάτωμα. Στη μέση υπήρχε ένα χαμηλό ξύλινο τραπεζάκι.

– Ξέρετε τα ονόματά μας;

– Φυσικά και τα ξέρω. Σας περίμενα εδώ και καιρό, τους απάντησε ρίχνοντας το βλέμμα της στο τραπεζάκι. Εκεί ήταν ακουμπισμένες τέσσερις μικρές γαβάθες με γιαούρτι και μέλι. Σίγουρα θα έχετε πεινάσει.

Τα παιδιά πήραν στα χέρια τους τις γαβάθες. Πεινούσαν. Και μάλιστα πολύ.

– Μμμμ, είναι πολύ νόστιμο, είπε ο Κένεθ.

Ο Ανδρέας ένεψε με το κεφάλι του συμφωνώντας.

Η κοπέλα τούς ευχαρίστησε μ' ένα χαμόγελο και σήκωσε τον κορμό της υποδηλώνοντας πως ήθελε να έχει την προσοχή τους.

Σκοτείνιασε. Ο ήλιος χάθηκε. Περίεργες ματιές πλανεύτηκαν δεξιά και αριστερά. Ήταν φως φανάρι. Η στιγμή που κυνηγούσαν μέρες τώρα είχε έρθει. Τα παιδιά ήταν πιο έτοιμα από ποτέ ν' ακούσουν την αλήθεια. Όποια κι αν ήταν αυτή.

III

Έξω άρχισε να βρέχει με ορμή. Η ατμόσφαιρα τώρα απέπνεε όλο και περισσότερη μυστικότητα. Η κοπέλα άναψε δύο κεριά.

– Δεν έχουμε ρεύμα εδώ πάνω, είπε.

Αμέσως μετά πήρε ξανά τη θέση της απέναντι από τα τέσσερα παιδιά και ξεκίνησε τη διήγησή της.

–Η περιπέτεια για σας ξεκίνησε εκείνη τη βροχερή νύχτα που ανταμώσατε για πρώτη φορά με τον άσπρο αετό. Ο ξεχασμένος μύθος, όμως, που θα ζωντανέψει σε λίγο μπροστά στα μάτια σας είναι καλά κρυμμένος στα βάθη των αιώνων. Το κουβάρι του τυλίχθηκε μέχρι το τέλος και τώρα ήρθε η ώρα που κάποιος πρέπει να το ξετυλίξει. Κάποιος πρέπει να λύσει έναν-έναν τους κόμπους που έχουν μπλεχτεί και να φτάσει στην αρχή. Εκεί που ξεκίνησαν όλα.

–Ποια είσαι; ρώτησε διστακτικά η Λίλι.

– Μια φίλη από μακριά. Μια φίλη που πρέπει ν' ακούσετε προσεκτικά και να εμπιστευτείτε με κλειστά τα μάτια. Και συνέχισε.. Πριν από δυόμιση χιλιάδες χρόνια η αρχαία Ελλάδα ήταν το κομβικό σημείο συνάντησης πολιτισμών και πνευματικών αναζητήσεων. Οι αρχαίοι Έλληνες ήταν άνθρωποι συνετοί. Διακρίνονταν για την οξυδέρκειά τους. Ήταν πρεσβευτές της δικαιοσύνης και τιμούσαν τους θεούς τους.

Σ' αυτούς προσέφευγαν σε κάθε δύσκολη στιγμή. Αυτούς ευχαριστούσαν για κάθε αγαθό που τους αξίωναν ν' απολαμβάνουν στη θνητή ζωή τους. Στην ιεραρχία όλων των θεών έστεκε ο Δίας. Με βλέμμα άγρυπνο βασίλευε θνητούς και αθάνατους. Όλοι ήταν υπόλογοι σ' αυτόν. Ωστόσο, υπήρχε μια δύναμη που ξεπερνούσε ακόμη και τη δύναμη του Δία. Ήταν αυτή που εξουσίαζε τους πάντες: η Μοίρα. Κανείς δεν μπορούσε ν' αμφισβητήσει τις βουλές της. Όποιος τολμούσε να την παραβλέψει γνώριζε ότι θα πλήρωνε ακριβά το τίμημα της αλαζονικής του συμπεριφοράς.

Το παλάτι των δώδεκα θεών βρισκόταν στην πιο ψηλή κορυφή του Ολύμπου. Μετά τη μεγαλόπρεπη είσοδο ακολουθούσε ένας μακρύς διάδρομος. Στο βάθος ήταν καθισμένος στο θρόνο του ο Δίας. Γύρω του οι υπόλοιποι Ολύμπιοι θεοί. Δεξιά από την είσοδο του παλατιού στεκόταν πάντα αγέρωχος ένας θηλυκός άσπρος αετός. Η υπόστασή του ήταν θνητή και ο ρόλος του πολύ συγκεκριμένος. Ήταν η φωνή του Δία στα όνειρα των θνητών. Γιατί οι θεοί των αρχαίων Ελλήνων είχαν την τάση να επεμβαίνουν στις ανθρώπινες υποθέσεις και να ελέγχουν τα πάντα. Εμφανίζονταν, λοιπόν, στους ανθρώπους χωρίς να φανερώνουν την πραγματική τους ταυτότητα παρά μόνο κατά την αποχώρησή τους. Και η παρέμβασή τους είχε άλλοτε συμβουλευτικό χαρακτήρα και άλλοτε παραπλανητικό. Ο άσπρος αετός, όμως, έκανε την εμφάνισή του στα όνειρα των θνητών μόνο μετά από ρητή εντολή του Δία. Όταν τα γεγονότα είχαν φτάσει στο απροχώρητο. Όταν η τάξη του σύμπαντος είχε διασαλευτεί. Κι εκείνη τη νύχτα θα συνέβαινε ακριβώς αυτό.

Σε μια χαμηλότερη κορυφή, από τις πιο απόκρημνες του όρους των θεών, υπήρχε μια φωλιά. Εκεί κάτω από ένα μεγάλο σωρό από κλαδιά και φύλλα ήταν καλά κρυμμένο ένα αυγό. Όχι ένα οποιοδήποτε αυγό. Απέμεναν μερικές μέρες μέχρι το τέλος της άνοιξης κι ένας μικροσκοπικός αετός θα γεννιόταν. Με το πέρασμα του χρόνου θα αποκτούσε λευκά πούπουλα και υπερφυσικές διαστάσεις. Μα το κυριότερο απ' όλα, θα ήταν αθάνατος, παντοτινός ακόλουθος του Δία και βοηθός του στην αποκατάσταση της τάξης και της αρμονίας στον κόσμο των θεών και των ανθρώπων. Όλοι οι Ολύμπιοι θεοί είχαν ορκιστεί στα ύδατα της Στυγός[1] ότι θα επαγρυπνούσαν για την ασφάλεια αυτού του νεογνού. Και ο όρκος των θεών ήταν τόσο ιερός ώστε η καταπάτησή του να σήμαινε για τον επίορκο τη στέρηση της αμβροσίας και του νέκταρ για ένα χρόνο και τον αποκλεισμό από τις συνελεύσεις των θεών για ακόμη εννιά.

Οι άνθρωποι γνώριζαν, μέσα από διηγήσεις, τις επισκέψεις του άσπρου αετού στα όνειρα των θνητών. Για εκατοντάδες χρόνια περίμεναν έναν χρησμό που θα τους επιβεβαίωνε τη μετάβασή του στη σφαίρα των αθανάτων. Κάποιοι, όμως, παρερμήνευσαν τα σημάδια. Τυφλωμένοι από την άκρατη επιθυμία τους για εξουσία και αιώνια ζωή σκέφτηκαν πως αρπάζοντας το αυγό από τη φωλιά του θα μπορούσαν να επωφεληθούν από τις θεϊκές του ιδιότητες. Πίστεψαν ένα παλιό

θρύλο που έλεγε ότι όποιος θνητός αντίκριζε πρώτος τον νεο-
γέννητο αετό θα αποκτούσε ο ίδιος το χάρισμα να μιλά στα
όνειρα των ανθρώπων. Θα είχε τη δύναμη να τους παρασύρει
σε αποφάσεις που θα εξυπηρετούσαν το δικό του συμφέρον.

Κι έτσι, χωρίς δισταγμό, παραβίασαν τη θέληση του Δία.
Αναρριχήθηκαν κρυφά μέσα στη μαύρη νύχτα κι έκλεψαν το
αυγό. Δεν αναλογίστηκαν, όμως, το μέγεθος της ύβρης[2] τους.
Και η νέμεση[3] ήταν ακαριαία. Ποτέ δεν γύρισαν πίσω ζωντα-
νοί. Ο Δίας εξοργισμένος ορκίστηκε να προστατέψει το αυγό
για όσο περισσότερο γινόταν. Αν ήταν αναγκαίο ακόμη και
για πάντα. Ο άσπρος αετός πέταξε πολύ μακριά και το έκρυψε
στο βάθος μιας σπηλιάς που ακόμη και το βέλος του καλύτε-
ρου τοξότη δεν θα έφτανε ποτέ στο τέλος της. Την αμέσως
επόμενη στιγμή το εξωτερικό περίβλημά του πέτρωσε. Όσες
γενιές ανθρώπων και να περνούσαν δεν θα αποκτούσε στην
αρχική του εύθραυστη μορφή προτού να λυθούν οι γρίφοι
που θα αποκάλυπταν όλη την αλήθεια. Μόνο τότε το ολόγιο-
μο φεγγάρι θα έριχνε τη λάμψη του στο στρογγυλό στόμιο της
σπηλιάς φανερώνοντας το μέρος που βρισκόταν..»

– Βλέπουμε όνειρο; ρώτησε ο Ανδρέας.

– Για τον κόσμο σας, ναι. Κοιμάστε βαθιά και ονειρεύε-
στε. Για τον κόσμο, όμως, που θα γνωρίσετε σε λίγο, όχι. Ζεί-
τε κάθε δευτερόλεπτο. Ό,τι αισθάνεστε είναι αληθινό. Ό,τι
βλέπετε είναι πραγματικό και ό,τι θα χαραχθεί στη μνήμη
σας θα είναι παντοτινό.

Η Λίλι την κοίταξε επίμονα.

– Στον κόσμο σας ο χρόνος έχει παγώσει. Όταν θα επιστρέψετε πίσω δεν θα έχει περάσει ούτε ένα κλάσμα του δευτερολέπτου. Το ρολόι σας θα δείχνει..

– 02:15, είπαν όλοι με μια φωνή.

– Ακριβώς.

– Εμείς θα λύσουμε τους γρίφους; ρώτησε ο Κένεθ.

– Εσείς είστε οι μονομάχοι του καλού, οι σύντροφοι του αετού. Εσείς θα ταξιδέψετε νοητά μέσα στο χρόνο και θα τον ευθυγραμμίσετε. Το πώς θα το ανακαλύψετε στην πορεία. Ο καθένας σας είναι ξεχωριστός και συμπληρώνει τον άλλον. Μην υποτιμήσετε ποτέ τις δυνάμεις σας. Μην υποτιμήσετε ποτέ τη δύναμη των αντιπάλων σας. Ενωμένοι δεν έχετε να φοβηθείτε τίποτε.

Η κοπέλα σηκώθηκε και κατευθύνθηκε προς ένα παμπάλαιο μπαούλο που βρισκόταν κάτω από το παράθυρο. Το άνοιξε κι έβγαλε έναν μακρύ ξύλινο κύλινδρο. Τον πήρε στα χέρια της και τον παρέδωσε στον Ανδρέα.

– Τι είναι αυτό;

Ο Ανδρέας τον ακούμπησε προσεκτικά πάνω στα πόδια του. Ήταν ελαφρύς. Φαινόταν κούφιος.

– Το ταξίδι σας ξεκινά τώρα. Μη ξεχάσετε ποτέ ό,τι ακούσατε σήμερα. Ο κόσμος μου σας καλωσορίζει.

Τα παιδιά κάρφωσαν τα βλέμματά τους πάνω στην ξύλινη κατασκευή που δεν φαινόταν να ανοίγει από πουθενά. Όταν η Ναμίμπ σήκωσε το κεφάλι της για να μιλήσει στην κοπέλα, αυτή είχε ήδη εξαφανιστεί.

50

IV

Η ξύλινη κυλινδρική κατασκευή, ερμητικά κλειστή, δε φαινόταν καθόλου πρόθυμη ν' αποκαλύψει εύκολα τα μυστικά της.

– Τι κάνουμε; ρώτησε ο Κένεθ.

– Από κάπου πρέπει ν' ανοίγει, είπε ο Ανδρέας. Κάτι έχει μέσα.

Σήκωσε τον ξύλινο κύλινδρο στο φως ψάχνοντας να βρει μια εγκοπή, ένα έλασμα. Τίποτε.

– Ίσως πρέπει να το πιάσουμε από 'δω, πρότεινε κι έτσι όπως τον κρατούσε από τις δύο μεριές έστρεψε τους καρπούς του αντίστροφα.

Οι μύες του προσώπου του συσπάστηκαν. Ένιωσε μια ανεπαίσθητη κίνηση αλλά δεν άνοιξε.

– Να δοκιμάσω εγώ; πρότεινε ο Κένεθ κι έπιασε τον κύλινδρο κατά τον ίδιο τρόπο.

Δε φάνηκε να καταβάλει ιδιαίτερη προσπάθεια ώσπου ακούστηκε ένα υπόκωφο «κλικ» και ο κύλινδρος χώρισε στη μέση. Ο Κένεθ συνέχισε ν' απομακρύνει τα δύο μέρη με προσοχή. Το ένα, εκτός από το εξωτερικό τοίχωμα, είχε και ένα εσωτερικό που εφάρμοζε μέσα στο άλλο για μεγαλύτερη ασφάλεια. Ο συρτός ήχος του ξύλου καθώς οι δύο πλευρές χώριζαν συνοδεύτηκε από μία ελαφριά μυρωδιά πεύκου. Όταν ο κύλινδρος άνοιξε εντελώς στο κέντρο υπήρχε ένας τυλιγμένος πάπυρος που τον συγκρατούσε μια λεπτή χρυσή κορδέλα.

– Όπως εκείνο το πρώτο βράδυ, ψέλλισε η Λίλι.

Η Ναμίμπ τράβηξε τον πάπυρο κι έλυσε την κορδέλα. Τα πρόσωπα όλων καθρεφτίστηκαν στην υγρή του επιφάνεια. Λίγα δευτερόλεπτα αργότερα άρχισαν να εμφανίζονται διασκορπισμένα χρυσά γράμματα μ' ένα εκτυφλωτικό περίγραμμα. Τα γράμματα επανέλαβαν το γνωστό τους χορό για να μεταφέρουν το μήνυμα που έκρυβαν, ποιος ξέρει πόσο καιρό…

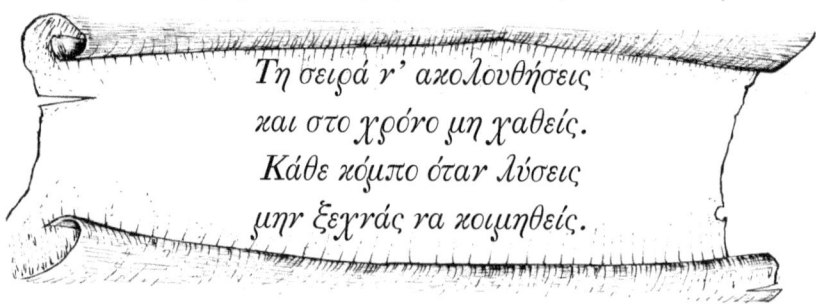

Τη σειρά ν' ακολουθήσεις
και στο χρόνο μη χαθείς.
Κάθε κόμπο όταν λύσεις
μην ξεχνάς να κοιμηθείς.

Η Λίλι έσκυψε πάνω από τον πάπυρο σε απόσταση αναπνοής.

– Κοιτάξτε πίσω από τα γράμματα!

– Τι είναι αυτό;

– Δάφνη. Φύλλα δάφνης.

Όπως κοιτάζει κανείς στο βυθό μιας ρηχής λίμνης και βλέπει τα φυτά να κυματίζουν μέσα στο νερό έτσι ακριβώς κυμάτιζαν τα χρυσά φύλλα της δάφνης κάτω από την υγρή επιφάνεια του πάπυρου.

– Οι στίχοι μας οδηγούν, είπε η Ναμίμπ. Τα φύλλα της δάφνης. Κάτι προσπαθούν να μας πουν. Και πρέπει να βρούμε τι.

Τα μάτια τους βάρυναν. Μια γλυκιά μέθη τους κυρίευσε χωρίς να τους αφήσει περιθώρια ν' αντιδράσουν.

Ο Ανδρέας τοποθέτησε γρήγορα τον πάπυρο μέσα στο κύλινδρο και τον σφράγισε.

«Κάθε κόμπο όταν λύσεις μην ξεχνάς να κοιμηθείς», μονολόγησε.

Το αμέσως επόμενο λεπτό όλα τα παιδιά είχαν αποκοιμηθεί βαθιά χωρίς να το καταλάβουν.

Η προετοιμασία

I

Το επόμενο πρωί όλοι ξύπνησαν με τη σκέψη τους καρφωμένη σε όσα είχαν αντικρύσει, ό,τι είχαν ακούσει. Οι προτεραιότητες, όμως, του καθενός ήταν πολύ διαφορετικές, όσο διαφορετικό ήταν και το μέρος όπου βρισκόταν το κάθε μέλος της νεοσύστατης παρέας.

Ο Ανδρέας άνοιξε τα μάτια του. Οι πρωινές ακτίνες του ήλιου, που έλουζαν το δωμάτιο, τον τύφλωσαν. Ο Κωστής, λίγο πιο δίπλα, κοιμόταν αμέριμνος.

«Τι νύχτα κι αυτή!» μουρμούρισε.

Όλα πια ήταν ξεκάθαρα. Είχαν βρει τη σειρά τους. Η κάθε τους κίνηση θα τους οδηγούσε από μόνη της στην επόμενη. Ένιωθε πολύ τυχερός που θα ζούσε όλη αυτή την περιπέτεια.

«Τα φύλλα της δάφνης!» θυμήθηκε. Πετάχτηκε σαν ελατήριο. «Τι κρύβουν;»

Είχε όλη τη μέρα μπροστά του να το ψάξει. Η ιδέα και μόνο της έρευνας στο διαδίκτυο τον ξεσήκωνε. Στράφηκε προς το μέρος του φίλου του που δεν έλεγε να ξυπνήσει με τίποτε. Τον σκούντηξε ελαφρά στον ώμο.

– Κωστήηη.... Ξύπνα!

Ο Κωστής τεντώθηκε, ίσα που άνοιξε τα μάτια του.

– Τι ώρα είναι;

Ο Ανδρέας έριξε μια κλεφτή ματιά στο κόκκινο ρολόι.

– Δέκα παρά.

–Ε, νωρίς δεν είναι; παραπονέθηκε και γύρισε πλευρό.

Θα συνέχιζε κι άλλο τον ύπνο του αν δεν χτυπούσε η πόρτα.

–Ανδρέα, Κωστή, ξυπνήσατε; ακούστηκε η λεπτή φωνή της Κατερινούλας. Ελάτε για πρωινό.

Ο Κωστής αναστέναξε.

– Λίγο ακόμη, δε γίνεται;

– Όχι, δε γίνεται λέμε, του απάντησε ο Ανδρέας μ' έναν συνθηματικό τόνο στη φωνή του που ήταν σίγουρος πως ο φίλος του θ' αναγνώριζε.

Ο Κωστής γύρισε απότομα. Μπορεί να ήταν αγουροξυπνημένος, όμως το βλέμμα του καρφώθηκε πάνω στον Ανδρέα πετώντας σπίθες.

– Λέγε!

– Δεν μπορείς να φανταστείς. Πάμε κάτω και θα τα πούμε μετά γιατί θα ξαναστείλουν τη μικρή αγγελιοφόρο.

Στην τραπεζαρία τα αστεία έδιναν και έπαιρναν. Το πρωί του Σαββάτου ήταν πάντοτε μια ευχάριστη νότα για όλη την οικογένεια. Τα δύο αγόρια, μόλις άρχισε η Κατερινούλα να αγορεύει, σηκώθηκαν διακριτικά.

Ο Κωστής βρισκόταν στο τελευταίο σκαλοπάτι και έκανε νόημα στον Ανδρέα να τον ακολουθήσει.

– …Επίσης, μία από τις πιο θρεπτικές τροφές για το πρωινό είναι και τα δημητριακά ολικής άλεσης, τόνισε η Κατερινούλα συνεχίζοντας ακάθεκτη την ομιλία της για τη σπουδαιότητα του πρωινού στη διατροφή.

Ο Ανδρέας έψαχνε τρόπο ν' αποδεσμευτεί από την αδερφή του χωρίς να τη στενοχωρήσει.

– Κατερίνα, νομίζω πως ξέρω τι πρέπει να κάνεις για να έχεις μια τέλεια παρουσίαση σαν αυτές που γίνονται στις εκπομπές στην τηλεόραση.

– Αλήθεια; Πες μου, πες μου! τον παρακάλεσε.

– Θα πας στο δωμάτιό σου και θα κάνεις μια λίστα με τις πέντε ή μάλλον καλύτερα με τις δέκα πιο υγιεινές τροφές για το πρωινό.

– Τότε θα κάνω και μια λίστα με τις δέκα χειρότερες. Τέλεια! Θα κάνω κολάζ!

Η μικρή ανέβηκε γρήγορα τις σκάλες τραγουδώντας. Ο Ανδρέας την ακολούθησε γλιστρώντας στο δωμάτιό του.

– Τώρα θα είμαστε ήσυχοι για κανένα δίωρο, διαβεβαίωσε τον φίλο του κι έκλεισε την πόρτα.

Ο Κωστής είχε βουλιάξει στην τροχήλατη καρέκλα του γραφείου. Το μόνο που έλειπε ήταν να χαμηλώσουν τα φώτα για ν' αρχίσει η ταινία!

– Λοιπόν.. Πρέπει να μου δώσεις το λόγο σου ότι δε θα πεις ποτέ σε κανέναν τίποτε, του είπε με σοβαρό ύφος ο Ανδρέας.

– Τον έχεις!

Ο Ανδρέας τού διηγήθηκε με κάθε λεπτομέρεια ό,τι είχε συμβεί. Ο Κωστής τον άκουγε σαστισμένος με το στόμα ανοιχτό.

– Δηλαδή εσείς ταξιδεύατε σ' ένα παράλληλο σύμπαν;

– Κωστή, έχεις ξεφύγει! Δεν ταξιδεύαμε σ' άλλο πλανήτη. Ταξιδέψαμε νοητά μέσα στο χρόνο.

Ο Κωστής έδωσε με τα πόδια του μια γερή ώθηση στην καρέκλα που άρχισε να περιστρέφεται γύρω από τον άξονά της.

– Μη με ρωτήσεις τι κάνω, είπε στον Ανδρέα. Χρειάζομαι λίγο χρόνο.

Η καρέκλα έκανε ακόμη δύο ολοκληρωμένες περιστροφές και σταμάτησε.

– Φίλε μου, μήπως τελικά όντως ονειρεύεσαι τα βράδια; Ίσως αυτοί οι φυσικοί χυμοί που πίνεις να έχουν παρενέργειες!

– Κωστή, δεν είναι όνειρο. Όχι όπως το εννοείς. Ξέρω, ακούγεται τρελό αλλά έχω κάτι να σου δείξω.

Ο Ανδρέας πήγε στο κρεβάτι του. Έβαλε το χέρι του κάτω από το πάπλωμα και τράβηξε τον ξύλινο κύλινδρο.

– Δε νομίζω χθες να κοιμήθηκα με αυτό!

Ο Κωστής έμεινε άγαλμα.

– Πείστηκες τώρα; Ελπίζω πως ναι γιατί δεν έχω και πολύ χρόνο μπροστά μου μέχρι το βράδυ. Πρέπει να βρω κάτι στοιχεία. Θα με βοηθήσεις ή όχι;

Ο Κωστής σηκώθηκε και τη θέση μπροστά στον υπολογιστή πήρε ο Ανδρέας.

– Τι ψάχνουμε ακριβώς; τον ρώτησε.

– Ψάχνουμε να βρούμε με τι συνδέονταν τα φύλλα της δάφνης στην αρχαιότητα, αν και είμαι σχεδόν σίγουρος.

Ο Ανδρέας είχε ήδη πληκτρολογήσει τον κωδικό εισόδου και περίμενε να εμφανιστεί η αρχική σελίδα για να δώσει τις λέξεις-κλειδιά για την αναζήτηση.

II

Την ίδια στιγμή, σ' ένα μέρος στην απέναντι πλευρά της Μεσογείου, η Ναμίμπ απολάμβανε το χουζούρι της. Μέσα στο μυαλό της στροβιλίζονταν ξανά και ξανά όσα είχαν ζήσει λίγες ώρες πριν και προσπαθούσε να φανταστεί τι τους περίμενε παρακάτω.

«Αρχαία Ελλάδα! Μυθολογία!» μονολόγησε με τη λαχτάρα έκδηλη στο πρόσωπό της.

Μπορεί να μη ζούσε στην Ελλάδα αλλά είχε γεννηθεί εκεί. Είχε ρίζες ελληνικές. Ο πατέρας της καταγόταν από τη Ναμίμπια της Νότιας Αφρικής και η μητέρα της από την Κρήτη. Γνωρίστηκαν στο Μαρόκο όπου και έμεναν πια μόνιμα. Η μητέρα της είχε φροντίσει να μεγαλώσουν και οι δύο κόρες της με τις παραδόσεις και τα έθιμα της Ελλάδας. Μεταξύ τους μιλούσαν ελληνικά και τα βράδια διάβαζαν τους μύθους του Αισώπου και ελληνική μυθολογία. Κάθε καλοκαίρι επισκέπτονταν τους συγγενείς της μητέρας της στην Κρήτη και περνούσαν ονειρεμένα.

«Άραγε πού να βρίσκονται οι υπόλοιποι;» αναρωτήθηκε. «Όλα έγιναν τόσο γρήγορα. Δεν προλάβαμε να πούμε και πολλά».

Η Ναμίμπ άπλωσε το χέρι της στο κομοδίνο κι έπιασε το ακουστικό του τηλεφώνου. Η γιαγιά της τής είχε μάθει όλα τα μυστικά για την ερμηνεία των σημαδιών της φύσης εκτός από ένα. Της είχε πει πως θα της το αποκάλυπτε μόνο όταν θα της το ζητούσε η ίδια.

– Και πότε θα γίνει αυτό; είχε ρωτήσει τότε τη γιαγιά της.

– Όταν έρθει η στιγμή θα το καταλάβεις μόνη σου. Εγώ θα είμαι εδώ και θα περιμένω, της είχε απαντήσει χαϊδεύοντάς της τα μαλλιά.

Η στιγμή είχε έρθει. Η Ναμίμπ ένιωθε πιο έτοιμη από ποτέ. Ήθελε να μάθει και το τελευταίο μυστικό. Ίσως γι᾽ αυτό να την προετοίμαζε η γιαγιά της. Ίσως να γνώριζε. Σήκωσε το ακουστικό και σχημάτισε τον μακρύ τηλεφωνικό αριθμό. Στην άλλη άκρη της γραμμής απάντησε η ήρεμη φωνή μιας ηλικιωμένης γυναίκας.

III

Πίσω στο Αιγαίο πέλαγος, στο σημείο όπου η Ελλάδα και η Τουρκία απέχουν μια ανάσα, το ρολόι έδειχνε δύο ώρες αργότερα απ᾽ ότι στο Μαρόκο. Ήταν σχεδόν 12:00 το μεσημέρι. Η Λίλι μόλις είχε φύγει από το βοτανοπωλείο που διατηρούσαν οι γονείς της στο Βαθύ, την πρωτεύουσα της Σάμου. Στα χέρια της κρατούσε δύο μικρές σακούλες από ανακυκλώσιμο χαρτί. Απ' έξω έγραφαν με καλλιγραφικά γράμματα "*Βότανα απ' όλο τον κόσμο*".

Αυτό ήταν το όνειρο των γονιών της από τότε που είχαν έρθει για πρώτη φορά στη Σάμο, νιόπαντροι ακόμη. Μαγεύτηκαν από το νησί του Πυθαγόρα και δύο χρόνια αργότερα επέστρεψαν με τη Λίλι μωρό στην αγκαλιά και τις αποσκευές τους γεμάτες με την κινέζικη κουλτούρα. Οι ντόπιοι τους καλοδέχτηκαν από την πρώτη στιγμή. Τώρα πια δώδεκα χρόνια μετά ένιωθαν τη Σάμο δεύτερη πατρίδα τους.

Η Λίλι πήρε το ανηφορικό σοκάκι που την έβγαλε στην καγκελόπορτα του σπιτιού της. Διέσχισε το πλακόστρωτο και πέρασε στην πίσω πλευρά όπου υπήρχε ένας μικρός βοτανόκηπος. Μάζεψε τα φρέσκα βότανα που χρειαζόταν και ανέβηκε πάνω.

Μαντζουράνα, λουΐζα, χαμομήλι, ιβίσκος, λεβάντα.. Οι μυρωδιές πλημμύρισαν το δωμάτιο. Βόλεψε τα βότανα στα χάρτινα σακουλάκια και ξεκρέμασε πίσω από την πόρτα ένα μικρό σακίδιο ώμου. Τα έβαλε όλα μέσα και μαζί ένα μικρό ανοξείδωτο σκεύος με μακριά λαβή. Έκλεισε το φερμουάρ και κάθισε ανακουφισμένη στην άκρη του κρεβατιού.

«Τώρα είμαι έτοιμη», μονολόγησε.

Οι γνώσεις που είχε αποκτήσει από μικρή για τις ευεργετικές ιδιότητες των βοτάνων ήταν που την οδήγησαν σε αυτήν την περιπέτεια. Η Λίλι, βέβαια, δεν είχε ιδέα. Ο αετός, όμως, ήξερε. Γι' αυτό την είχε διαλέξει.

«Το βράδυ λοιπόν..» ψιθύρισε στον εαυτό της.

Έκλεισε τα μάτια της και φαντάστηκε τη στιγμή που θα ανέμιζαν τα μαλλιά της πάνω στη ράχη του άσπρου αετού.

IV

Στο Λονδίνο, άλλη μια συννεφιασμένη μέρα είχε ξεκινήσει. Ο Κένεθ είχε σηκωθεί από νωρίς. Κάθε Σάββατο πρωί πήγαινε με το φίλο του, τον Στίβεν, για τρέξιμο στο πάρκο απέναντι από το σπίτι του.

Σ' όλη τη διάρκεια της διαδρομής ο Κένεθ δεν έβγαλε λέξη. Το μυαλό του ταξίδευε. Ο Στίβεν παραξενεύτηκε.

—Τι ώρα θα συναντηθούμε τελικά το απόγευμα; ρώτησε τον Κένεθ.

Το απόγευμα; Το είχε ξεχάσει τελείως! Με όσα είχαν συμβεί τις τελευταίες μέρες ήταν επόμενο.

– Τι ώρα αρχίζει το έργο;

– Στις 18:00. Να βρεθούμε γύρω στις 17:00 να κάνουμε και καμιά βόλτα;

– Έγινε. Στις 17:00.

Ο Κένεθ γύρισε σπίτι. Σ' όλη τη διαδρομή σκεφτόταν ότι το βράδυ η περιπέτεια θα συνεχιζόταν. Ανυπομονούσε. Είχε κάνει μια λίστα με αυτά που θα έπαιρνε μαζί του. Ο προσκοπισμός του είχε διδάξει πολλά για τις αναρριχήσεις, τις καταβάσεις, τις διανυκτερεύσεις στο βουνό. Είχε τον κατάλληλο εξοπλισμό.

Έλεγξε τον διάδρομο που οδηγούσε στο δωμάτιό του κι έγειρε την πόρτα. Δεν την έκλεισε για να μπορεί ν' ακούσει βήματα σε περίπτωση που ανέβαινε κάποιος. Σ' ένα σακίδιο έβαλε μια πυξίδα, κρίκους και σχοινιά ορειβασίας, ένα φακό πεζοπορίας, αδιάβροχα και ένα πολυεργαλείο τσέπης, το οποίο ανάλογα με το σχήμα και το μέγεθος των εξαρτημάτων του είχε αποδειχτεί σωτήριο σε δύσκολες καταστάσεις.

Όταν τελείωσε η ώρα ήταν 13:30. Το τραπέζι της κουζίνας θα ήταν ήδη στρωμένο και η μητέρα του θα τους περίμενε. Ως κλασική Αγγλίδα δεν ήθελε να ξεφεύγουν λεπτό από το πρόγραμμα των γευμάτων. Το ίδιο και ο μεγάλος του αδερφός. Ο ίδιος, όμως, είχε πάρει τα γονίδια του πατέρα του που ως Έλληνας δεν θα χαλούσε ποτέ τη ζαχαρένια του αν έτρωγε λίγο αργότερα. Συναντήθηκαν στις σκάλες και επιτάχυναν το βήμα τους για να είναι κάτω στην ώρα τους.

V

Ο Ανδρέας έγραψε τη λέξη-κλειδί: *δάφνη*. Στην οθόνη εμφανίστηκαν χιλιάδες αποτελέσματα για το σχήμα, το άρωμα και τη χρήση της δάφνης αλλά τίποτε από αυτά που περίμενε.

– Μήπως πρέπει να το δώσεις διαφορετικά; τον ρώτησε ο Κωστής.

– Αυτό σκέφτομαι, πώς να το γράψω. Μια στιγμή, όμως..

Δίπλα στην προηγούμενη λέξη πληκτρολόγησε και μία ακόμη: *μυθολογία*.

Οι δύο φίλοι έσκυψαν μπροστά στον υπολογιστή. Ο Ανδρέας δεν χόρταινε να το βλέπει.

– Δες πού θα πάμε. Αποκλείεται να είναι αλήθεια!

Κι όμως ήταν αλήθεια. Κι ό,τι θα ζούσαν θα ήταν μοναδικό και θα χαρασσόταν στη μνήμη τους για πάντα. Όπως τους το είχε πει εκείνη η κοπέλα.

Η αρχή

Το βράδυ δεν άργησε να έρθει. Τα παιδιά γνώριζαν καλά τι έπρεπε να κάνουν. Είχαν κοιμηθεί νωρίς. Επικρατούσε νηνεμία. Άκρα σιγή. Στις 02:15 ακριβώς η περιπέτεια ξανάρχιζε. Για άλλους, βέβαια, η ώρα αιχμής είχε έρθει νωρίτερα. Σε λίγο, όμως, ο χρόνος θα ευθυγραμμιζόταν και θα ήταν ο ίδιος για όλους. Το μόνο που απέμενε ήταν ν' ακουστούν οι στίχοι στα τέσσερα διαφορετικά σημεία στο χάρτη και η απόσταση θα εκμηδενιζόταν.

I

Ο δροσερός αέρας γαργαλούσε το πρόσωπο του Ανδρέα. Τα πελώρια φτερά του άσπρου αετού ανεβοκατέβαιναν ρυθμικά δίνοντας ένα αυστηρό τέμπο στο πέταγμά του.

– Ξέρω πού πηγαίνουμε, είπε ο Ανδρέας με τη δύναμη της σκέψης του.

– Ήμουν σίγουρος ότι θα ήξερες, απάντησε ο αετός.

Ο Ανδρέας κάτι πήγε να πει.

– Είναι πολύ νωρίς ακόμη. Για όλα υπάρχει η κατάλληλη στιγμή.

Ο Ανδρέας για ακόμη μία φορά αιφνιδιάστηκε. Ο αετός είχε προφτάσει τη σκέψη του και του είχε απαντήσει πριν καν την ολοκληρώσει. Ίσως να ήταν νωρίς. Μα ήθελε τόσο πολύ να μάθει αν εκείνος ο άσπρος αετός είναι αυτός που τώρα πετούσε μαζί του μέσα στη νύχτα. Ακουγόταν εξωπραγματικό αλλά κι ό,τι ζούσαν πραγματικό δεν το έλεγες. Προσπάθησε να κλειδώσει το μυαλό του για να μην προδοθεί περισσότερο.

Λίγο αργότερα τα γαμψά νύχια του αετού γαντζώνονταν στο έδαφος. Ο Ανδρέας μ' ένα μικρό άλμα κατέβηκε από τη ράχη του και κατευθύνθηκε προς τα παιδιά που τον περίμεναν.

– Σαν να μην πέρασε μια μέρα, είπε η Ναμίμπ χαμογελώντας.

Και οι τέσσερις ήταν εκεί. Πάλι μαζί. Η πλαγιά περικυκλώνονταν από έλατα και μεσογειακά κυπαρίσσια που έστεκαν υπερήφανα προσδίδοντας μια παραδεισένια ομορφιά στο τοπίο. Στο βάθος της κοιλάδας ο ποταμός Πλείστος κυλούσε μέσα από τους ελαιώνες.

– Ξέρετε πού βρισκόμαστε, έτσι δεν είναι; ρώτησε ο Κένεθ.

– Στους Δελφούς, απάντησε η Λίλι.

– Βρισκόμαστε στον «ομφαλό», το κέντρο της γης, πρόσθεσε ο Ανδρέας. Σύμφωνα με τη μυθολογία, ο Δίας άφησε από τα πέρατα του σύμπαντος ελεύθερους δύο αετούς, τον έναν προς την ανατολή και τον άλλο προς τη δύση για να βρουν το κέντρο της γης. Και συναντήθηκαν εδώ στους Δελφούς.

– Κι εδώ έριξε ο Δίας τον ιερό βράχο, συμπλήρωσε η Μαμίμπ.

– Κι εδώ βγάλτε μια κόλλα χαρτί για το διαγώνισμα! Ο Κένεθ δεν κρατήθηκε. Όλοι διαβασμένοι μού ήρθατε!

–Βρίσκεις; τον πείραξε ο Ανδρέας.

Τα τέσσερα παιδιά άνοιξαν το βήμα τους. Αυτή τη φορά, όμως, από πίσω τους ακολουθούσε κι ο άσπρος αετός. Στην αρχή δεν τον αντιλήφθηκαν.

– Σταθείτε, μην προχωράτε άλλο.

Ο Ανδρέας άκουσε το γνωστό ψίθυρο και φρέναρε. Μεσολάβησε μια σιωπηλή κουβέντα μεταξύ τους καθώς οι υπόλοιποι συνέχιζαν να προχωρούν. Ένα λεπτό αργότερα ο Ανδρέας τους φώναξε κάνοντας με το χέρι του νόημα να τον περιμένουν.

– Ακούστε λίγο, είπε όταν τους έφτασε. Πρέπει να ακολουθήσουμε ένα τελετουργικό γι' αυτό ο αετός θα έρθει μαζί μας. Θα μου περιγράφει τι πρέπει να κάνουμε κι εγώ θα σας το μεταφέρω.

– Ευτυχώς, σχολίασε η Ναμίμπ. Δεν υπάρχει ψυχή εδώ.

Παύση για μερικά δευτερόλεπτα κι ο Ανδρέας συνέχισε.

– Κι ούτε θα δούμε κανέναν. Βρισκόμαστε σ' ένα παράλληλο χρονοχώρο κι όχι στον πραγματικό εκείνης της εποχής, είπε μεταφέροντας τα λόγια του αετού. Πριν μπούμε στο ιερό πρέπει να πλυθούμε στην Κασταλία Κρήνη.

– Την ποια; ρώτησε ο Κένεθ.

– Την Κασταλία Κρήνη. Νομίζω έτσι είπε, του απάντησε η Λίλι.

Τα παιδιά ακολούθησαν τον άσπρο αετό που τους οδήγησε στο σημείο απ' όπου ανάβλυζε το νερό της Κασταλίας πηγής. Ήταν ένα ορθογώνιο κτίσμα όπου υπήρχε μια κτιστή λεκάνη. Μπροστά απλωνόταν μια πλακόστρωτη αυλή. Περιβαλλόταν από τοίχους με χαμηλούς λίθινους πάγκους, ενώ στη μία πλευρά υπήρχαν τέσσερα χάλκινα κεφάλια λιονταριών απ' όπου έρεε το κρυστάλλινο νερό. Τα παιδιά άπλωσαν τα χέρια τους και πλύθηκαν όπως ακριβώς τους είχε υποδείξει ο αετός.

– Και τώρα; ρώτησε η Ναμίμπ. Προς τα πού πάμε; Όλα είναι ερείπια.

Και να 'ξερε..

Καθώς διέσχιζαν την ανηφορική Ιερά οδό που θα τους οδηγούσε στο μαντείο μια στιγμιαία δόνηση τους ταρακούνησε. Μερικά βήματα πιο κάτω η δόνηση επαναλήφθηκε συνοδευόμενη από βαθύ μουγκρητό.

Η Ναμίμπ άρπαξε τον καρπό του Ανδρέα.

– Σεισμός!

Η γη άρχισε να τρέμει κάτω από τα πόδια τους. Δυνατός αέρας σηκώθηκε από το πουθενά. Στριφογύριζε στριγκλίζοντας, δημιουργώντας διάσπαρτες δίνες. Μια λεπτή σκόνη κάλυψε τα πάντα. Το έδαφος γέμισε ρήγματα. Τα ρήγματα έσκαψαν βαθιά χάσματα. Σε κάθε βήμα όλα γύρω τους έπαιρναν ζωή. Μπρούτζινα αγάλματα ξεπηδούσαν μέσα από το έδαφος, κυκλικές εξέδρες, στοές και μικρά κτίσματα χτίζονταν από την αρχή μέσα σε δευτερόλεπτα. Γλυπτά αφιερώματα σμιλεύονταν μπροστά στα μάτια τους από αόρατους τεχνίτες. Τα παιδιά προχωρούσαν προσπαθώντας να προστατέψουν τα μάτια τους από τη σκόνη.

– Τα «αναθήματα» και οι «θησαυροί» που προσέφεραν οι πιστοί στο θεό Απόλλωνα για να του εκφράσουν την ευγνωμοσύνη τους, φώναξε δυνατά ο Ανδρέας μεταφέροντας τα λόγια του αετού.

– Βρήκε την ώρα πες του! είπε δυνατά ο Κένεθ από την άλλη μεριά.

Η Ιερά οδός εκτεινόταν σε μήκος διακοσίων μέτρων φτάνοντας ως το κέντρο μπροστά από ένα τεράστιο βωμό. Μόλις τα τέσσερα παιδιά βρέθηκαν σ' εκείνο το σημείο η φύση ξαφνικά ησύχασε.

– Δεν τελείωσε ακόμη, είπε ο Ανδρέας.

– Τι εννοείς δεν τελείωσε; ρώτησε έντρομη η Λίλι.

Ένα υπόκωφο βουητό ακούστηκε από τα έγκατα της γης που δυνάμωνε όλο και περισσότερο όσο πλησίαζε προς την επιφάνεια. Το έδαφος άρχισε πάλι να δονείται σαν ηφαίστειο έτοιμο να εκραγεί.

– Καλυφθείτε! Γρήγορα! Πίσω από το βωμό, φώναξε ο Κένεθ.

– Ο ναός! φώναξε η Ναμίμπ. Εδώ βρισκόταν ο ναός!

Το βουητό ήταν εκκωφαντικό. Τα παιδιά έκλεισαν τα' αφτιά τους. Η γη χώρισε στα δύο. Ο ναός άρχισε να θεμελιώνεται, σπιθαμή προς σπιθαμή. Η βάση του, οι κίονες, ο θριγκός[4], οι γλυπτές συνθέσεις στα αετώματα![5] Σε λίγα λεπτά μπροστά τους, στην πιο περίοπτη θέση, έστεκε επιβλητικός ο ναός του Απόλλωνα. Τα παιδιά άνοιξαν δειλά τα μάτια τους.

– Μια εικόνα, χίλιες λέξεις! μονολόγησε ο Ανδρέας φωτογραφίζοντας με το βλέμμα του και την παραμικρή λεπτομέρεια.

– Είναι ό,τι ωραιότερο έχω δει ποτέ μου, συμφώνησε η Ναμίμπ.

Η Λίλι και ο Κένεθ δεν μπορούσαν να αρθρώσουν λέξη. Απλά κοίταζαν σαν υπνωτισμένοι από την σαστιμάρα.

Η ατμόσφαιρα καθάρισε και οι ακτίνες του ήλιου δημιούργησαν απίθανες φωτοσκιάσεις πάνω στο ναό. Ο άσπρος αετός πέρασε από δίπλα τους και λίγο παρακάτω σταμάτησε.

–Θέλει να τον ακολουθήσουμε, είπε ο Ανδρέας.

Όσο πλησίαζαν τόσο πιο εντυπωσιακός ήταν ο αρχαίος ναός από κοντά. Μπροστά και πίσω δέσποζαν έξι κίονες ενώ στα πλάγια δεκαπέντε. Προχωρώντας βρέθηκαν στο χώρο πριν από τον κυρίως ναό, τον λεγόμενο πρόναο. Στο βάθος του φαινόταν η είσοδος του κυρίως ναού.

Η Λίλι περπατούσε γρήγορα.

– Ελάτε, μην καθυστερείτε.

Η Ναμίμπ και ο Κένεθ προχώρησαν. Ο Ανδρέας είχε μείνει πίσω. Δεν είχε πάρει χαμπάρι ότι οι υπόλοιποι τον είχαν προσπεράσει. Είχε κολλήσει στις επιγραφές που απαντούσαν σε διάφορα σημεία του ναού.

Η Ναμίμπ γύρισε για να τον ξεσκαλώσει.

– Τι είναι αυτά;

– Δελφικά παραγγέλματα.

– Δηλαδή;

– Ρητά των επτά σοφών προς τις επόμενες γενιές. «ΓΝΩΘΙ ΣΑΥΤΟΝ», «ΜΗΔΕΝ ΑΓΑΝ», («Να γνωρίζεις τον εαυτό σου», «Να κάνεις τα πάντα με μέτρο»). Τα λέμε και σήμερα.

Η Ναμίμπ του έγνεψε να προχωρήσουν.

– Όσο πάει γίνεται και καλύτερο, είπε ο Ανδρέας μ' ένα θριαμβευτικό χαμόγελο.

II

Ο κυρίως ναός ήταν μακρύς. Ο άσπρος αετός είχε φτάσει στο τέλος του νοητού διαδρόμου.

– Εδώ είμαστε. Φτάσαμε, σιγοψιθύρισε ο Ανδρέας μεταφέροντας για ακόμη μία φορά τα λόγια του αετού.

– Θα γίνει αυτό που φαντάζομαι; ρώτησε η Λίλι ανυπόμονα.

– Ναι. Είμαστε στο μαντείο των Δελφών και θα πάρουμε χρησμό. Όλα θα γίνουν όπως τότε. Δεν θα δούμε τίποτε. Θα αναβιώσουν σαν μια παλιά ανάμνηση. Θα ακούγονται σαν ήχοι μακρινοί.

Η Πυθία βρισκόταν στο άδυτο. Καθόταν στον ιερό τρίποδα πάνω στον ομφάλιο βράχο. Από κάτω υπήρχε το χάσμα της γης. Έβγαιναν αναθυμιάσεις. Η Πυθία τις εισέπνεε. Στο τέλος έπεφτε σε νάρκη μασώντας φύλλα δάφνης. Τότε οι επισκέπτες διατύπωναν τις ερωτήσεις τους με δυνατή φωνή. Το ίδιο έκανε και ο Ανδρέας μόλις ο αετός του έκανε νόημα.

–Πώς θα λύσουμε τον πρώτο κόμπο από το κουβάρι που είναι τυλιγμένο το μυστήριο της εξαφάνισης του ιερού αετού; ρώτησε εξαντλώντας τη βαθιά ανάσα που είχε πάρει.

Λίγο μετά άρχισαν να ακούγονται κραυγές και λόγια ασυνάρτητα από το άδυτο. Η Πυθία είχε έρθει σε έκσταση.

Ο άσπρος αετός έκλεισε τα μάτια του δείχνοντας πως αυτή η στιγμή ήταν ιερή. Τα άνοιξε μόνο όταν έπαψε να ακούγεται το παραμικρό.

– Ο Απόλλωνας, μέσω της Πυθίας, έστειλε τα σημάδια του. Πρέπει να είστε πολύ προσεκτικοί. Οι απαντήσεις που θα πάρετε δεν θα είναι ξεκάθαρες. Εσείς θ' αποκρυπτογραφήσετε το μήνυμα που κρύβουν, είπε στον Ανδρέα και σταμάτησε απότομα.

– Τι έγινε; ρώτησε ο Κένεθ. Τι λέει ο χρησμός;

– Δεν ξέρω, απάντησε απορημένος ο Ανδρέας. Δεν μου λέει τίποτε άλλο.

– Ο κύλινδρος! αναφώνησε η Ναμίμπ. Ανοίξτε τον κύλινδρο.

Ο Ανδρέας τον έβγαλε από τον ώμο του και τον έδωσε στον Κένεθ. Ακούστηκε ο ίδιος συρτός ήχος, μοσχοβόλησε και πάλι πεύκο και στην υγρή επιφάνεια του πάπυρου τα χρυσά γράμματα σιγοψιθύριζαν τα παρακάτω λόγια..

Βαθύ σκοτάδι στις χάλκινες πόρτες. Για την απάτη η οργή των θεών. Λόγια παλιά θα πουν ψεύτικες ελπίδες. Η ξεχασμένη αλήθεια ύπουλα κοιμάται..

III

Τα χρυσά γράμματα κυμάτιζαν ελαφρά πάνω στην υγρή επιφάνεια αναγκάζοντας τα μάτια των παιδιών να τα ακολουθούν δεξιά κι αριστερά. Ο χρησμός που τους είχε δώσει η Πυθία ήταν διατυπωμένος με λόγια απλά. Όμως το μήνυμα που έκρυβε δεν ήταν ούτε απλό ούτε ξεκάθαρο. Η Ναμίμπ πήρε πρώτη το λόγο.

– Η απάτη που προκάλεσε την οργή των θεών έχει σχέση με την αρπαγή του αυγού από τη φωλιά του. Μέχρι εδώ όλα καλά. Η αλήθεια πάλι έχει χαθεί μέσα στους αιώνες αλλά δεν έχει ξεχαστεί. Απλά κοιμάται αλλά ύπουλα. Τι θα γίνει, όμως, όταν ξυπνήσει; Για πείτε κι εσείς..

Κανείς δεν σήκωσε το βλέμμα του από τον πάπυρο. Όλοι προσπαθούσαν να συνδυάσουν τις λέξεις και με άλλους τρόπους μήπως βρουν κάτι διαφορετικό.

– Το σίγουρο είναι πως κάποιον θα συναντήσουμε, είπε ο Ανδρέας. Κάποιος ή κάτι έχει να μας μεταφέρει ακόμη ένα μήνυμα.

– Κάτι; Τι εννοείς κάτι; ρώτησε η Λίλι με το γνωστό τρεμουλιαστό τόνο στη φωνή της.

– Ξέρω κι εγώ; Όλα να τα περιμένει κανείς. Σε λίγο θ' αρχίσουν να μας μιλούν και τα δέντρα! αστειεύτηκε ο Ανδρέας.

Αμέσως μετά το ύφος του ξανασοβάρεψε.

– Κάποιος ή κάτι πολύ σύντομα θα μας μιλήσει και αυτό που θα μας πει θα είναι το κλειδί σε όλη την ιστορία. Όσο για τις χάλκινες πόρτες είμαι σίγουρος ότι κρύβουν μεγάλα μυστικά στο σκοτάδι που υπάρχει από πίσω τους. Πού βρίσκονται, όμως;

Ο Κένεθ έδειξε να συμφωνεί με την εξήγηση του Ανδρέα.

– Τώρα αρχίζουν τα καλά. Πάντως έχουμε την εύνοια των αρχαίων θεών του Ολύμπου, έτσι δεν είναι;

Το τελευταίο περί εύνοιας το είπε περισσότερο για να το ακούσει η Λίλι που έδειχνε να φοβάται. Όλοι, βέβαια, είχαν προβληματιστεί αλλά κανένας δεν θα το παραδεχόταν ούτε και στον ίδιο του τον εαυτό. Η δίψα για περιπέτεια δεν τους άφηνε περιθώρια για δισταγμούς.

Βγήκαν από το ναό και διέσχισαν την Ιερά οδό με αντίθετη αυτή τη φορά κατεύθυνση. Ο άσπρος αετός βρισκόταν ακριβώς από πίσω τους. Όταν είχαν απομακρυνθεί πλέον από το τέμενος η γη άρχισε και πάλι να σείεται. Μέσα σε μια στιγμή όλα εξαφανίστηκαν με τον ίδιο τρόπο που είχαν ξεφυτρώσει μέσα από το έδαφος. Παρόλο που το είχαν ξαναδεί, ο τρόπος που άνοιξε η γη και ρούφηξε μέσα της μια ολόκληρη εποχή τούς άφησε άναυδους για μια ακόμη φορά. Όταν η σκόνη διαλύθηκε το τοπίο είχε αποκατασταθεί σαν να μην είχε συμβεί τίποτε.

Τα παιδιά συνέχισαν να κατεβαίνουν την πλαγιά χωρίς να έχουν κατά νου ένα συγκεκριμένο σχέδιο δράσης. Ο καθένας ήταν βυθισμένος στις σκέψεις του, στις δικές του εκδοχές ερμηνείας του χρησμού. Περπάτησαν σιωπηλά για μερικά λεπτά ακόμη ώσπου η κατηφορική πλαγιά τούς έβγαλε σ' ένα επίπεδο σημείο. Αυτό ήταν ό,τι έπρεπε. Γύρω-γύρω περιστοιχιζόταν από θάμνους και δέντρα. Τα κλαδιά των δέντρων έγερναν προς το κέντρο δημιουργώντας μια πυκνή, αδιαπέραστη σκιά. Όλοι σκέφτηκαν το ίδιο πράγμα. Λίγη δροσιά, λίγη ξεκούραση και σωστή εκτίμηση της κατάστασης. Η σωστή εκτίμηση, βέβαια, σίγουρα δε θα συμβάδιζε απόλυτα με τη λογική.

Ο χώρος κάτω από τα δέντρα ήταν φιλόξενος. Ο καθένας βρήκε τη γωνιά του.

– Βλέπω είμαστε όλοι οργανωμένοι, σχολίασε ο Κένεθ καθώς έβγαζε κι αυτός από το σακίδιό του ένα μπουκαλάκι με νερό. Ήπιε την πρώτη γουλιά κι έκανε μια γκριμάτσα. Το νερό του δεν ήταν πια και τόσο δροσερό.

– Εσύ Λίλι τι πίνεις; ρώτησε η Ναμίμπ. Δε μου φαίνεται για νερό. Κοκκινίζει λίγο.

– Αρωματικό τσάι, απάντησε η Λίλι. Τονωτικό με πολύ ιδιαίτερη γεύση.

– Πόσο ιδιαίτερη γεύση δηλαδή; απόρησε ο Κένεθ. Η μητέρα μου πίνει τσάι κάθε απόγευμα και όλα μου φαίνονται πάνω-κάτω τα ίδια. Εκτός, βέβαια, από αυτά που έχουν άρωμα φρούτων.

– Θέλεις να δοκιμάσεις; του πρότεινε και του έδωσε το πλαστικό μπουκαλάκι. Το φέρνουμε από την Κίνα. Κατευθείαν από τον κήπο του παππού μου.

– Η Κίνα είναι τεράστια! Από πού ακριβώς; τη ρώτησε καθώς έριχνε λίγο τσάι στο πλαστικό καπάκι του δικού του μπουκαλιού και το δοκίμαζε.

– Από ένα πανέμορφο μέρος. Μόνο η Σάμος συναγωνίζεται την ομορφιά του.

– Έχω πάει στη Σάμο πριν δύο καλοκαίρια σχολίασε ο Ανδρέας. Θα ήθελα να ξαναπάω.

– Να έρθεις. Κι όχι μόνο εσύ. Να έρθετε όλοι να σας φιλοξενήσω. Λοιπόν; Πώς σου φάνηκε; ρώτησε στρέφοντας τη ματιά της στον Κένεθ.

– Πολύ ιδιαίτερο, πράγματι. Έχει μια γλυκιά γεύση αλλά ταυτόχρονα πικρίζει λίγο στον ουρανίσκο!

– Μίλησες σαν ειδικός, αποκρίθηκε η Λίλι χαμογελώντας. Τα αποξηραμένα μήλα και η κανέλα δημιουργούν αυτή την αίσθηση στη γεύση. Μοιραστείτε το. Έχω κι άλλο.

Ο Κένεθ το πέρασε στον Ανδρέα κι αυτός με τη σειρά του στη Ναμίμπ που είχε τοποθετήσει το σακίδιό της κάτω από το κεφάλι της σαν μαξιλάρι και έδειχνε να το απολαμβάνει. Αμέσως μετά έκλεισε τα μάτια της και άρχισε να παίρνει βαθιές ανάσες από τη μύτη βγάζοντας τον αέρα αργά από το στόμα.

– Τι κάνει; σιγομουρμούρισε η Λίλι κοιτώντας την με απορία.

–Η Ναμίμπ ακούμπησε το δάχτυλο στα χείλη της.

– Σσσσσσσς ….. Σηκώθηκε αέρας. Ακούτε;

Είχε δίκιο. Ο άνεμος δεν ήταν δυνατός αλλά το θρόισμα των φύλλων και τα κλαδιά που στην κορυφή χόρευαν προς διάφορες κατευθύνσεις την επαλήθευαν. Το παράδειγμά της ακολούθησαν και οι υπόλοιποι. Ξαπλωμένοι στη γη και με τα μάτια στραμμένα προς τα πάνω μπορούσαν πιο εύκολα να οργανώσουν τις σκέψεις τους.

«Μόνο να μην αρχίσουμε να νυστάζουμε», μονολόγησε ο Ανδρέας. «Όχι ακόμη, τουλάχιστον».

Η Ναμίμπ έδινε την εντύπωση πως βρισκόταν σε άμεση επικοινωνία με τους ανέμους. Πού και πού κρατούσε την αναπνοή της για μερικά δευτερόλεπτα σαν να περίμενε ένα σινιάλο για ν' αναπνεύσει και πάλι φυσιολογικά.

Ο Ανδρέας με τη Λίλι και τον Κένεθ δεν έκαναν τον παραμικρό θόρυβο που θα μπορούσε να την ενοχλήσει. Είχαν εμπιστοσύνη στις ικανότητές της όπως επίσης και στα σημάδια που τους έστελνε η φύση. Η φύση ή κάποια άλλη δύναμη; Προς το παρόν δεν είχε καμία σημασία.

IV

Δεν πέρασαν παρά μόνο μερικά λεπτά που σε όλους φάνηκαν πολύ περισσότερα. Η Ναμίμπ άνοιξε τα μάτια της και σαν υπνωτισμένη βάδισε ως το σημείο που τα κλαδιά των δέντρων δεν μπλέκονταν τόσο περίτεχνα μεταξύ τους. Υπήρχε ένα μικρό άνοιγμα. Κάποιες άλλες εποχές ίσως και να χρησίμευε σαν κρυφό παρατηρητήριο. Από 'κει φαινόταν όλη η πλαγιά μέχρι πέρα στον κάμπο. Κοντοστάθηκε. Το βλέμμα της ακινητοποιήθηκε σ' ένα σημείο.

–Τι έγινε; Είδες κάτι; ρώτησε η Λίλι προλαβαίνοντας τον Κένεθ που ήταν έτοιμος να ρωτήσει ακριβώς το ίδιο.

–Θέλω να σας μιλήσω, είπε η Ναμίμπ. Το ύφος της ήταν αινιγματικό.

–Τα παιδιά την πλησίασαν. Η Ναμίμπ δεν έπαιρνε τα μάτια της από το σημείο.

– Όταν ήμουν έξι χρονών, η γιαγιά μου μου μίλησε για πρώτη φορά για τους κώδικες της φύσης και τα σημάδια που στέλνει στους ανθρώπους. Μου έμαθε πώς να χρησιμοποιώ κι εγώ αυτούς τους κώδικες. Μου δίδαξε πώς να διαβάζω τα σημάδια. Ένα, όμως, μυστικό μου το κρατούσε κρυφό. Περίμενε, μού είχε πει τότε, την κατάλληλη στιγμή που θα της το ζητούσα εγώ. Όταν θα ένιωθα έτοιμη.

– Και η κατάλληλη στιγμή ήρθε; ρώτησε ο Κένεθ.

– Το πρωί μετά την πρώτη μας συνάντηση. Μιλήσαμε στο τηλέφωνο και της ζήτησα να μου το αποκαλύψει. Αλλά ποτέ δεν πίστεψα ότι θα ήταν έτσι.

Η Ναμίμπ έδειχνε σαστισμένη.

– Ν' ανησυχήσουμε δηλαδή.. είπε ο Ανδρέας.

– Όχι, όχι, δεν είναι κακό. Κάθε άλλο. Αυτό που ένιωσα πριν από λίγο ήταν μοναδικό. Έχω ακούσει παρόμοιες ιστορίες αλλά δεν πίστευα ότι θα ήταν έτσι.

– Μην μας αφήνεις άλλο σε αγωνία, παραπονέθηκε η Λίλι.

Η Ναμίμπ ήπιε δύο γουλιές νερό.

– Όλα ξεκίνησαν την ώρα που σηκώθηκε ο άνεμος. Εσείς ακούσατε το σφύριγμά του ανάμεσα στις φυλλωσιές των δέντρων. Οι δικές μου αισθήσεις, όμως, ξύπνησαν η μία μετά την άλλη σαν από χειμερία νάρκη..

Ο αέρας της μιλούσε στέλνοντας διάσπαρτα τα κομμάτια μιας εικόνας. Άκουγε τον ανάλαφρο ήχο που κάνουν τα ξύλα όταν καίγονται στη φωτιά. Ένιωθε τη ζέστη της φλόγας να αγγίζει το πρόσωπό της. Και τότε την είδε. Μια σκιά πάνω σ' ένα βράχο. Δεν ήξερε αν ήταν ανθρώπινη ή όχι. Άκουσε ένα χαμηλόφωνο και μακρόσυρτο μουγκρητό σαν κάποιος να κρατούσε κλειστό το στόμα του και να έβγαζε τον αέρα από τη μύτη. Και στο τέλος ένα άρωμα μεθυστικό. Μετά όλα χάθηκαν. Και οι ήχοι και οι μυρωδιές και οι εικόνες. Εκτός από μία.

Τα παιδιά είχαν σκύψει μπροστά της. Σχεδόν δεν ανέπνεαν.

– Κάπου υπάρχει ένα άνοιγμα, ίσως μια πόρτα που για να την περάσεις πρέπει να σκύψεις. Εκεί μέσα βρίσκεται το επόμενο στοιχείο της αναζήτησής μας. Εκεί. Είμαι σίγουρη.

V

Τα παιδιά κατέβαιναν την πλαγιά με αργά βήματα. Έψαχναν με το βλέμμα τους. Αναζητούσαν τον καπνό από μια μικρή εστία φωτιάς, το μυστηριώδες άνοιγμα και ό,τι κρυβόταν από πίσω.

«Ένα άνοιγμα ή μια πόρτα που για να την περάσεις πρέπει να σκύψεις», μονολόγησε η Λίλι. «Για μένα δεν θα είναι πρόβλημα», αυτοσαρκάστηκε αναφερόμενη στο ύψος της.

Ο Κένεθ την κοίταζε με την άκρη του ματιού του.

– Να εύχεσαι να μη χρειαστεί να σκύψεις γιατί αλλιώς εγώ δεν έχω καμιά ελπίδα να περάσω από κάτω. Δε θα χωρέσω, είπε έχοντας την ίδια όρεξη για πειράγματα.

– Ε, το πολύ-πολύ να μην έρθεις, συμπλήρωσε ο Ανδρέας. Εδώ που τα λέμε δεν θα χάσεις και τίποτε!

– Εκτός από μια φανταστική περιπέτεια στους αρχαίους χρόνους, με μυθικά τέρατα και θρύλους, κατέληξε η Ναμίμπ.

– Κάντε όνειρα. Δεν το χάνω με τίποτα!

Όλοι ξέσπασαν σε γέλια απολαμβάνοντας την οικειότητα που είχαν αποκτήσει μεταξύ τους. Ήταν σαν να γνωρίζονταν χρόνια.

– Ούτε κι εμείς θέλουμε να το χάσεις, τι νόμιζες; Κανείς μας δεν πρέπει να το χάσει. Αυτό το ταξίδι θα μας ενώνει για πάντα, είπε η Λίλι κλείνοντας την ευχάριστη παρένθεση και υπενθυμίζοντας με πλάγιο τρόπο την αποστολή τους.

– Πάμε τότε, πρότεινε ο Κένεθ. Έχουμε κι έναν αντίπαλο να καθυστερήσουμε, ας μη τον ξεχνάμε.

– Ποιον; ρώτησαν όλοι με μια φωνή.

– Τον ύπνο, που μπορεί να μας πιάσει πάλι εκεί που καθόμαστε στην πιο λάθος στιγμή. Και δεν ξέρω για σας αλλά εγώ δεν θέλω να ξυπνήσω το πρωί και να περάσω όλη την ημέρα κάνοντας σενάρια για το ποιον θα συναντήσουμε ή για το πού θα πάμε το βράδυ. Θέλω πρώτα να το μάθω και μετά να κοιμηθώ.

Ο ήλιος ακολουθούσε την πορεία του προς τη δύση. Θα είχε τουλάχιστον δύο ώρες ακόμη μπροστά του προτού χαθεί και παραδώσει τη σκυτάλη στο φεγγάρι. Ήταν μια ειδυλλιακή στιγμή της ημέρας. Όλα ήταν ήρεμα, γαλήνια. Ένα ελαφρύ αεράκι είχε σηκωθεί μεταφέροντας παντού τη δροσιά του βουνού, το άρωμα της φύσης. Τα παιδιά κατηφόριζαν έχοντας την προσοχή τους τεταμένη προς όλες τις κατευθύνσεις. Η κούραση είχε αρχίσει να χορεύει πάνω στο κορμί τους. Οι κουβέντες λιγόστευαν. Περπατούσαν ώρες δίχως να καταλήγουν πουθενά. Απογοήτευση. Δεν ήξεραν ακριβώς τι έψαχναν. Θα μπορούσε να είναι το οτιδήποτε ή και τίποτε απολύτως. Ίσως η Ναμίμπ να είχε παρασυρθεί από εικόνες που φώλιαζαν στο υποσυνείδητό της. Τα κάνει τέτοια παιχνίδια το μυαλό. Μα δεν το έβαζαν κάτω. Συνέχιζαν να ψάχνουν. Και βαθιά μέσα τους ήξεραν πως κάτι θα έβρισκαν. Τίποτε δεν ήταν τυχαίο. Κι από ψηλά το άγρυπνο βλέμμα του αετού τους ακολουθούσε σε κάθε τους βήμα. Τους καθοδηγούσε σε κάθε τους σκέψη χωρίς να το ξέρουν. Ο δρόμος ήταν μακρύς και το κουβάρι μεγάλο. Αλλά άξιζε τον κόπο.

VI

Σκοτείνιασε. Η Ναμίμπ προπορευόταν. Ακολουθούσε ο Ανδρέας κι από πίσω του η Λίλι γαντζωμένη στο μπράτσο του Κένεθ. Τρία βήματα παρακάτω η Ναμίμπ σταμάτησε απότομα. Γύρισε το κεφάλι αριστερά. Τα φρύδια της ενώθηκαν. Πήρε μερικές γρήγορες και κοφτές ανάσες. Τα μάτια της δάκρυσαν. Ξαναξεκίνησε. Οι υπόλοιποι πάτησαν στα βήματά της. Κάποιο σημάδι της είχε ψιθυρίσει μέσα στο σκοτάδι. Ο Κένεθ έριξε το σακίδιό του στο ύψος του αγκώνα και έβγαλε τον φακό πεζοπορίας που είχε μαζί του. Τον ενεργοποίησε και τον έστρεψε ίσια μπροστά. Ένα άπλετο φως ξεχύθηκε σε απόσταση δεκάδων μέτρων. Η Λίλι αμέσως ένιωσε πιο ασφαλής.

– Μη! Σβήστε το φακό! φώναξε από μπροστά η Ναμίμπ.

Ο Κένεθ ξαφνιάστηκε αλλά τον έκλεισε αμέσως.

– Μα δεν βλέπουμε τίποτε, είπε φοβισμένη η Λίλι.

– Βλέπω εγώ! Και ακούω και μυρίζω! της απάντησε η Ναμίμπ. Δεν είμαστε μακριά. Όπου να 'ναι θα το δείτε κι εσείς.

Διακόσια μέτρα παρακάτω τους περίμενε ένα απρόσμενο θέαμα. Δεκάδες νυχτερίδες πετούσαν μέσα στη νύχτα, σαν από το πουθενά. Πέρασαν ξυστά πάνω από τα κεφάλια τους αφήνοντας έναν ανατριχιαστικό ήχο. Η Λίλι μαρμάρωσε.

– Αυτό είναι, είπε η Ναμίμπ.

Η ξέφρενη πορεία των νυχτερίδων τους φανέρωνε το μονοπάτι που έπρεπε ν' ακολουθήσουν για να φτάσουν στο σημείο απ' όπου είχαν βγει. Και οι νυχτερίδες, όπως είναι γνωστό, ζουν μέσα σε σπηλιές.

Τα παιδιά συνέχισαν να προχωρούν μέσα στο σκοτάδι. Το μονοπάτι τούς έβγαλε μπροστά σ' έναν τεράστιο κορμό μ' ένα μικρό άνοιγμα στη μέση. Μέσα ήταν κούφιος. Αυτή η φυσική είσοδος βρισκόταν χαμηλά. Για να την περάσει κάποιος θα έπρεπε, αν όχι να γονατίσει, τουλάχιστον να σκύψει.

–Είστε έτοιμοι;

– Όσο ποτέ, πρόλαβε να απαντήσει ο Ανδρέας ενώ η Λίλι και ο Κένεθ κούνησαν το κεφάλι τους γεμάτοι σιγουριά.

Ένας–ένας λύγισαν τα πόδια και καμπουριάζοντας πέρασαν κάτω από το άνοιγμα του κορμού. Στο εσωτερικό του κορμού επικρατούσε το απόλυτο σκοτάδι.

– Προσοχή! Μην κάνετε βήμα. Μισό..» είπε ο Κένεθ.

Ο φακός ήταν ρυθμισμένος στην πιο ψηλή σκάλα. Με τα δάχτυλά του χαμήλωσε στα τυφλά το επίπεδο φωτεινότητας και τον άναψε. Το αχνό φως ήταν σαν να έδινε ζωή στην ψυχή του δέντρου.

VII

Ο κούφιος κορμός μύριζε όπως η βρεγμένη γη που έχει μουλιάσει από τη βροχή. Ήταν αποπνικτικά. Ο Κένεθ φώτισε περιμετρικά. Τίποτε το περίεργο. Όταν, όμως, η δέσμη του φωτός έπεσε κάτω τούς περίμενε μια έκπληξη. Μπροστά τους υπήρχε μια ανοιχτή ξύλινη καταπακτή. Ήταν ολοφάνερο πού οδηγούσε. Ο Ανδρέας πλησίασε και την ίδια στιγμή αποτραβήχτηκε πιάνοντας τη μύτη του. Η μυρωδιά σ' εκείνο το σημείο έφτανε τα όρια της μούχλας, της σαπίλας. Δεν ήταν αρκετό για να τους σταματήσει. Κέντρισε την περιέργειά τους ακόμη περισσότερο.

Η διάμετρος της καταπακτής ήταν τόση όση χρειαζόταν για να περάσει ένας ενήλικας. Η έντονη κατηφορική κλίση του υπεδάφους ήθελε μεγάλη προσοχή. Πρώτος κατέβηκε ο Ανδρέας. Ο Κένεθ έμεινε τελευταίος. Μοίρασαν τις δυνάμεις τους. Το τούνελ ήταν ευρύχωρο. Τα παιδιά προχωρούσαν κοιτάζοντας καχύποπτα σαν να περίμεναν κάτι να πεταχτεί μέσα από τα πέτρινα τοιχώματα.

Η διαφορά θερμοκρασίας από την επιφάνεια ήταν μεγάλη. Ένα ψυχρό πέπλο υγρασίας κάλυπτε τα πάντα. Ρίγος διαπερνούσε το κορμί τους από την κορυφή ως τα νύχια. Είχαν μουδιάσει. Μονάχα η Ναμίμπ ίδρωνε. Τα μαλλιά στους κροτάφους της ήταν υγρά. Το μέτωπό της έσταζε, η ανάσα της έβγαινε βαριά. Η ζεστή αύρα της φλόγας, για την οποία τους είχε μιλήσει πριν ακόμη ξεκινήσουν, την είχε κυριεύσει.

Ο Ανδρέας την παρατηρούσε.

– Ναμίμπ, όλα καλά;

– Πλησιάζουμε. Η σκιά πάνω στον τοίχο μεγαλώνει.

Το μακρύ τούνελ τούς έβγαλε στην καρδιά μιας μεγάλης σπηλιάς. Σύμβολα και φιγούρες ζώων και ανθρώπων ήταν σχεδιασμένα πάνω στην πέτρα. Σε μια γωνιά τα απομεινάρια μιας μικρής φωτιάς άχνιζαν ακόμη. Στο κέντρο μια άλλη εστία έκαιγε δυνατά. Οι φλόγες της φώτιζαν όλη τη σπηλιά. Πίσω από τη φωτιά, καθόταν κάποιος. Δεν φαινόταν αν ήταν άνδρας ή γυναίκα. Φορούσε μια μαύρη κάπα. Η κουκούλα κάλυπτε το πρόσωπό του. Τα παιδιά δεν έκαναν βήμα. Περίμεναν να τους αντιληφθεί, να εκδηλώσει πρώτος τις προθέσεις του.

– Γιατί στέκεστε μακριά; ακούστηκε μια ισχνή φωνή. Πλησιάστε.

Όταν σήκωσε το κεφάλι του αποκαλύφθηκε το γερασμένο, αποστεωμένο του πρόσωπο. Μια πέτσα αφυδατωμένη, κολλημένη πάνω στο φαλακρό του κρανίο. Μάτια θολά, χωνεμένα μέσα στις κόγχες τους. Μάγουλα ρουφηγμένα. Μια μικρή ματωμένη πληγή δίπλα στα χείλη ήταν το μοναδικό σημάδι πως κυλούσε ακόμη αίμα στις φλέβες του.

– Τα νέα τρέχουν πιο γρήγορα κι από το χρόνο, ψέλλισε.

Τα παιδιά έσκυψαν μπροστά για να τον ακούσουν. Η φωνή του έβγαινε με δυσκολία.

– Οι ικανότητές σας ενώθηκαν και έγιναν μια πανίσχυρη δύναμη, συνέχισε ο γέροντας. Από 'δω και πέρα, όμως, χρειάζεστε κάτι παραπάνω. Χρειάζεστε γνώση.

– Γνώση για ποιο πράγμα; ρώτησε ο Ανδρέας.

– Γνώση όχι μόνο για το «τι» έγινε αλλά και για το «πώς» έγινε. Και το πώς δεν το γνωρίζει κανένας άλλος παρά μόνο ο βασιλιάς. Αυτός έμπλεξε τους κόμπους. Αυτός έκρυψε το ιερό αυγό μέσα στο χρόνο. Και τώρα το πλήρωμα του χρόνου ήρθε. Τα λόγια από το παρελθόν θα ξεθάψουν την ξεχασμένη αλήθεια. Θα φανερώσουν το ψέμα. Η απάτη θα ξεσκεπαστεί.

– Πότε; Πού; ρώτησε η Ναμίμπ.

– Ο γέροντας σιώπησε για λίγο. Είχε μιλήσει πολύ. Έπνιξε έναν βήχα και συνέχισε. Θαρρείς έσερνε τη φωνή του μ' ένα σκοινί.

– Πολύ μακριά. Όσο απέχει σε ύψος ο ουρανός από τη γη τόσο απέχει σε βάθος αυτή η αιώνια φυλακή. Αν ρίξεις ένα αμόνι από το ψηλότερο σημείο του ουρανού θα πέφτει επί εννιά μέρες. Τη δέκατη θα φτάσει στη γη. Άλλες εννιά θα συνεχίσει να πέφτει και από τη γη για να φτάσει τη δέκατη μέρα στα Τάρταρα.[6]

– Στα Τάρταρα; Η φωνή της Λίλι αντήχησε σε όλη τη σπηλιά.

– Στα Τάρταρα, επανέλαβε ο γέροντας ξεψυχισμένα, που περικυκλώνονται από έναν χάλκινο τοίχο. Γύρω του απλώνονται τρία στρώματα νύχτας και πάνω του φυτρώ-

νουν σαν πλοκάμια οι ρίζες της γης και της ερημικής θά-
λασσας. Όποιος φυλακίζεται εκεί δεν βγαίνει ποτέ. Δεν
ξαναβλέπει το φως του ήλιου. Οι χάλκινες πόρτες κλειδώ-
νουν για πάντα. Κι από έξω στέκουν αιώνιοι φρουροί οι
Εκατόγχειρες.

– Στα Τάρταρα δέθηκαν οι ηττημένοι Τιτάνες, είπε η
Ναμίμπ.

– Κι ο προδότης, πρόσθεσε ο γέροντας.

– Δεν γίνεται να πάμε εκεί.

– Ωωω ναι, γίνεται, ψέλλισε.

Με μια αργή κίνηση τράβηξε μέσα από την κάπα του ένα
μικρό πουγκί. Οι άκρες του σχοινιού του ήταν δεμένες γύρω
από τον λαιμό του. Μέσα στο πουγκί υπήρχε ένα μικρό φια-
λίδιο.

– Ακούστε προσεκτικά, είπε και με τρεμάμενα χέρια έδω-
σε το φιαλίδιο στον Ανδρέα. Εκεί μέσα υπάρχει μια γουλιά
για τον καθένα σας. Μόνο μια γουλιά. Μόλις το πιείτε θα
πέσετε σε λήθαργο.

– Θα κοιμηθούμε μέσα στο ίδιο μας το όνειρο;

– Όνειρο μέσα στο όνειρο για το δικό σας κόσμο. Γι' αυ-
τόν εδώ όχι. Δεν θα συναντήσετε εχθρούς. Από τη στιγμή,
όμως, που θα ακούσετε την αλήθεια δεν θα σας αφήσει από
τα μάτια του. Θα καιροφυλακτεί περιμένοντας τη στιγμή
που θα βρεθείτε αδύναμοι.

– Ποιος; Ο Ανδρέας τον είχε πλησιάσει τόσο πολύ που
μύρισε τη σαπισμένη του ανάσα.

Ο γέροντας δεν μπήκε στον κόπο ν' απαντήσει. Γύρω του απλώθηκε ένα θολό σύννεφο κι από μέσα πετάχτηκε ένα μικρό γεράκι που χάθηκε με ταχύτητα προς την έξοδο.

– Επιφάνεια![7] φώναξε αποσβολωμένος ο Ανδρέας.

– Δηλαδή; ρώτησε ο Κένεθ.

– Ο γέροντας δεν ήταν γέροντας, ούτε άνθρωπος. Ήταν κάποιος θεός!

Η αλήθεια

I

Το φιαλίδιο γλίστρησε ανάμεσα στα δάχτυλα του Ανδρέα. Οι παλάμες του είχαν ιδρώσει.

«Τι στο καλό..»

Το είχε ξαναπάθει χρόνια πριν στην πρώτη δημοτικού, στη σχολική γιορτή για την επέτειο της 28ης Οκτωβρίου. Τότε ήταν από το άγχος για το ποίημα. Τώρα ήταν από τη σαστιμάρα. Ούτε στα πιο τρελά του όνειρα δε φανταζόταν κάτι τέτοιο. Μα τι έλεγε; Όνειρο ήταν.

Μετά τη θεαματική αποχώρηση του γέροντα μια σκέψη στροβιλιζόταν στο μυαλό του. Δεν ήταν αυτή η πρώτη φορά που ένα θεός τους φανέρωνε τη συνέχεια. Σίγουρα όχι.

Η Λίλι, λίγο πιο πίσω, είχε καθίσει σε μια μεγάλη πέτρα. Ο Κένεθ στεκόταν από πάνω της. Η Ναμίμπ είχε τρέξει προς την έξοδο ακολουθώντας το γεράκι.

– Ξέρετε τι σκέφτομαι; είπε η Λίλι δίχως ουσιαστικά να περιμένει απάντηση. Μπορεί να ακουστώ υπερβολική, αλλά δεν ξέρω..

– Κι εγώ το σκέφτηκα, την πρόλαβε ο Ανδρέας. Αν πρέπει να τον εμπιστευτούμε ή όχι, έτσι δεν είναι;

Η Λίλι ανασήκωσε τους ώμους της.

– Ε, ναι.

– Δεν έχουμε άλλη επιλογή.

– Γιατί; πετάχτηκε ο Κένεθ.

– Θυμηθείτε το χρησμό. Τα λόγια του γέροντα τον συμπληρώνουν.

– Συμφωνώ, είπε η Ναμίμπ που στο μεταξύ είχε γυρίσει. Κι από 'δω και πέρα πρέπει να είμαστε προετοιμασμένοι για όλα. Το παιχνίδι έχει σοβαρέψει. Είμαστε;

Κανείς δεν χρειάστηκε να απαντήσει σε κάτι τόσο αυτονόητο.

– Άντε σηκωθείτε τότε, να τελειώνουμε.

II

Ο Ανδρέας κούνησε ελαφρά το φιαλίδιο και έβγαλε το φελλό που το σφράγιζε.

– Ποιος θα πιει πρώτος;

Ο Κένεθ πήγε να κάνει ένα βήμα μπροστά αλλά η Ναμίμπ άπλωσε το χέρι της και του έκοψε το δρόμο.

– Έχω καλύτερη ιδέα. Να καταπιούμε και οι τέσσερις ταυτόχρονα. Ή όλοι μαζί ή κανένας.

92

Συμφώνησαν.

Το υγρό είχε βαθύ κόκκινο χρώμα και γλυκιά γεύση. Την τελευταία γουλιά πήρε η Λίλι. Άφησε το φιαλίδιο κάτω στο έδαφος κι έπιασε το χέρι του Κένεθ κλείνοντας τον κύκλο που είχαν σχηματίσει. Ο Ανδρέας με δύο διαδοχικά νεύματα έδωσε το σύνθημα και με το τρίτο κατάπιαν και οι τέσσερις μαζί τη γουλιά που είχαν συγκρατήσει στο στόμα τους. Τα μάτια τους έκλεισαν.

Ο χώρος που τους περιέβαλε άλλαξε αστραπιαία. Η αίσθηση της βαρύτητας χάθηκε. Αιωρούνταν κάμποση ώρα μέσα στο πυκνό σκοτάδι. Ξαφνικά άρχισαν να αναπτύσσουν ταχύτητα. Έπεφταν. Δεν έβλεπαν τίποτε. Μονάχα ένιωθαν το απύθμενο κενό που τους ρουφούσε από κάτω. Οι απότομες βουτιές έδεναν το στομάχι τους κόμπο. Ο αέρας καρφίτσωνε τα πρόσωπά τους. Οι φωνές τους είχαν παγώσει. Πόση ώρα ακόμη; Πόση ώρα διαρκεί το ταξίδι μέχρι τα έγκατα της γης; Μαζί με την βαρύτητα είχε χαθεί και η αίσθηση του χρόνου. Έπεφταν για ώρες, για μέρες; Δεν ήξεραν. Το μόνο που ήταν σε θέση να αντιληφθούν ήταν το τράνταγμα τους στο έδαφος. Επιτέλους. Τελείωσε.

Ο χάλκινος τοίχος που περικύκλωνε τα Τάρταρα έμοιαζε με απόρθητο φρούριο. Τα ύψος του έφτανε τα πενήντα μέτρα και από πάνω οι ρίζες της γης και της ερημικής θάλασσας δημιουργούσαν ένα απροσπέλαστο πλέγμα. Το πλάτος του ήταν όσο δέκα άνθρωποι στη σειρά. Τα παιδιά τη μια στιγμή ήταν στην εξωτερική πλευρά του τοίχου και την αμέ-

σως επόμενη βρέθηκαν στην εσωτερική. Πέρασαν από μέσα. Εκεί επικρατούσε το απόλυτο, παγερό σκοτάδι.

– Είμαστε όλοι εδώ; ρώτησε ο Ανδρέας.

Τρία διαδοχικά «ναι» ακούστηκαν. Ήταν όλοι εκεί και περίμεναν να προσαρμοστούν τα μάτια τους στις σκοτεινές συνθήκες.

Ξεκίνησαν. *Ήταν από τις λίγες φορές που δεν έριχναν κλεφτές ματιές δεξιά κι αριστερά. Βάδιζαν με σιγουριά.*

Μονάχα η Λίλι μετρούσε το κάθε της βήμα.

– Ένα, δύο, τρία, τέσσερα, πέντε... δεκαοκτώ, δεκαεννιά, είκοσι..

– Τι κάνεις; τη ρώτησε ο Κένεθ που βάδιζε δίπλα της, όπως πάντα.

– Πού να σου εξηγώ τώρα. Βάζω σημάδια.

Η Λίλι είχε μετρήσει ως το πενήντα όταν ένας κρότος ακούστηκε από μακριά. Τα παιδιά αντάλλαξαν περίεργες ματιές. Αμέσως μετά ακούστηκε ξανά. Μετά πάλι σιγή. Όσο περνούσαν τα δευτερόλεπτα πλησίαζε. Γινόταν πιο δυνατός. Στα τελευταία μέτρα ο βαρύγδουπος ήχος συνοδευόταν κι από ένα στιγμιαίο τράνταγμα της γης. Ήξεραν τι περίμεναν. Δεν ήξεραν, όμως, πώς ήταν αυτό που περίμεναν. Η καλύτερα αυτοί που περίμεναν.

III

Οι Εκατόγχειρες. Στη μυθολογία ήταν οι προσωποποιήσεις των φυσικών φαινομένων. Πλησίαζαν, ο καθένας από διαφορετική κατεύθυνση. Ευθεία μπροστά βάδιζε ατάραχος ο Κόττος μέσα σε μια μανιώδη καταιγίδα με εκκωφαντικές βροντές και αλλεπάλληλους κεραυνούς. Από τ' αριστερά ερχόταν ο Βριάρεως φέροντας μαζί του πολικές θερμοκρασίες, χιόνι και πάγο. Ο Γύης, στα δεξιά, ήταν τυλιγμένος μέσα στη δύνη ενός τεράστιου ανεμοστρόβιλου που δεν άφηνε τίποτε όρθιο στο πέρασμά του. Η βροχή, το χιόνι κι ο άνεμος είχαν ενώσει τις δυνάμεις τους για ένα κοινό σκοπό. Να φρουρούν τις χάλκινες πόρτες.

–Να θυμάστε, φώναξε η Ναμίμπ. Δεν είναι εχθροί μας. Όχι αυτοί.

Τα μαλλιά της είχαν γίνει κουβάρι από τον δυνατό αέρα. Τα ρούχα της είχαν μουσκέψει από τη βροχή. Τα άκρα της είχαν παγώσει από το κρύο. Στην ίδια ακριβώς κατάσταση βρίσκονταν και οι υπόλοιποι. Η Λίλι είχε γαντζωθεί πάνω στον Κένεθ για να μην παρασυρθεί από τα ρεύματα.

Οι Εκατόγχειρες έρχονταν με φιλικές διαθέσεις. Όταν στάθηκαν μπροστά από τα παιδιά, αρκετά μέτρα πιο πέρα, η γη έπαψε να χοροπηδά. Τα παιδιά σήκωσαν το βλέμμα τους προς τα πάνω. Με κομμένη την ανάσα αντίκρισαν τους τρεις μυθικούς γίγαντες. Ο καθένας είχε πενήντα κεφάλια και εκατό μάτια. Τίποτε δεν ξέφευγε από το οπτικό τους πεδίο. Από τους ώμους τους ξεπηδούσαν εκατό χέρια, που μπορούσαν να ξεριζώσουν ολόκληρα βουνά. Έτσι είχαν εξολοθρεύσει τους Τιτάνες που είχαν κηρύξει τον πόλεμο στους Ολύμπιους θεούς. Έριξαν πάνω τους ένα σύννεφο από πέτρες σφραγίζοντας το τέλος τους. Η δύναμή τους ήταν υπερφυσική γιατί είχαν γευτεί νέκταρ και αμβροσία.

–Ανδρέα, σειρά σου πάλι, είπε η Λίλι σκουντώντας τον με τον αγκώνα της.

– Το ξέρω. Το μυαλό τους, όμως, είναι κλειδωμένο. Δεν μου λένε τίποτε.

– Γιατί;

– Διατάζουν. Δεν μας εμπιστεύονται ακόμη.

– Φαντάσου.., σχολίασε συνοφρυωμένος ο Κένεθ.

Ο Ανδρέας τούς έκανε νόημα να σταματήσουν.

– Μας σκανάρουν. Κάτι λένε.

– Πού πας; τον ρώτησαν.

– Σσσσ.. Με φωνάζουν.

Ο Ανδρέας βάδιζε με τα χέρια στις τσέπες. Δεν κρύωνε πια. Το ρίγος είχε δώσει τη θέση του σε μια αλλόκοτη έξαψη. Τα μάγουλά του πετούσαν φλόγες. Η καρδιά του χτυπούσε γρήγορα. Δεν φοβόταν. Όχι ακριβώς.

«Έλα, θα είναι παιχνιδάκι», ενθάρρυνε τον εαυτό του.

Σε κάθε του βήμα η βροχή δυνάμωνε. Οι χοντρές σταγόνες άφηναν το στίγμα τους στο μουλιασμένο χώμα. Η χιονοθύελλα και ο ανεμοστρόβιλος δεν τον έφταναν. Βάδιζε στην καρδιά της καταιγίδας που προκαλούσε ο Κόττος. Κι, όμως, δεν βρεχόταν. Λες και κρατούσε κάποιος μια ομπρέλα πάνω από το κεφάλι του. Έστρεψε τα μάτια του ψηλά. Έχασε το βηματισμό του και σκόνταψε σε μια λακούβα με λασπόνερα.

97

Πού να το φανταζόταν ότι η γιγάντια παλάμη του Κόττου θα βρισκόταν μερικά μέτρα πάνω από το κεφάλι του και θα τον προστάτευε από τη μανιασμένη καταιγίδα. Πίσω οι υπόλοιποι περίμεναν με αγωνία.

– Πο..πο..λ..λύ αργεί, είπε η Λίλι. Τα χείλη της χτυπούσαν απ' το κρύο.

Η Ναμίμπ έτριβε με τα χέρια της τα μπράτσα της για να ζεσταθεί.

– Υπομονή. Πέντε λεπτά έχει που έφυγε.

– Μη..μη..πως να πάμ..με κι εμείς; Ή τουλαα..άχιστον ο Κένεθ. Μπο..οο..ρεί να μας χρειάζεται. Ε, Κένεθ;

Ο Κένεθ την έσφιξε πάνω του.

– Κανέναν δεν χρειάζεται. Όλα είναι υπό έλεγχο, την καθησύχασε.

Στο μεταξύ ο Ανδρέας είχε φτάσει έξω από τις χάλκινες πόρτες. Ήταν θεόρατες. Επιβλητικές. Από το βάθος ακούγονταν δυνατοί χτύποι και κραυγές απελπισίας. Εκεί μέσα είχαν θαφτεί ζωντανοί οι Τιτάνες. Μαζί τους ήταν αιώνια φυλακισμένος κι ένας θνητός. Ο μόνος που δεν κατακεραυνώθηκε εκείνη τη νύχτα. Ο μόνος που ήξερε όλη την αλήθεια αλλά δεν την φανέρωνε κοντά τρεις χιλιάδες χρόνια. Θα είχε μόνο μια ευκαιρία να μιλήσει και να γλιτώσει την ύπαρξή του από αυτό το σκοτεινό και φρικτό μαρτύριο. Η ζωή του είχε τελειώσει. Το μόνο που είχε να ελπίζει πια ήταν η μεταφορά της ψυχής του στον κάτω κόσμο. Κι ο κάτω κόσμος φάνταζε παράδεισος μπροστά σε αυτήν την αιώνια κόλαση.

Ο Ανδρέας γονάτισε στο λασπωμένο έδαφος κι ακούμπησε στις σφραγισμένες πόρτες. Απεγνωσμένες κραυγές εκλιπαρούσαν για έλεος. Τα σιδερένια δεσμά στρίγκλιζαν καθώς σέρνονταν στα πόδια των νικημένων Τιτάνων. Ένας δυνατός ψίθυρος επισκίασε τα πάντα.

– Πρέπει να γνωρίζεις μέχρι που φτάνει η δύναμή σου. Ποτέ να μην στοχεύεις πιο ψηλά. Αν παρασυρθείς από ψεύτικες ελπίδες είσαι τελειωμένος. Μ' ακούς; Το ξέρω πως είσαι εκεί.

– Ναι, είπε διστακτικά ο Ανδρέας. Σ' ακούω.

Τού είχε κοπεί η ανάσα. Έκανε χωνί τις παλάμες του και κόλλησε πάνω το αυτί του. Ο ψίθυρος συνέχισε.

– Τα είχα όλα στη ζωή μου και τα έχασα σε μια νύχτα. Πίστεψα πως μπορούσα να γίνω κι εγώ αθάνατος. Ο ανόητος! Ήρθε μπροστά μου ολοζώντανος πάνω σ' ένα άρμα με τέσσερα άλογα. Κρατούσε δόρυ και ασπίδα. Είχε το χαμόγελο του νικητή. Λύγισα στη λάμψη του. Ένας θεός ήρθε σε μένα και με επέλεξε, σκέφτηκα. Ο άμυαλος! Και τον πίστεψα. Η οργή του Δία έπεσε πάνω μου αδυσώπητη. Τρέξτε ν' αποκαλύψετε τον πραγματικό προδότη. Κανένας θεός δεν τον συμπαθεί γιατί χαίρεται με τη σφαγή και το αίμα. Το όνομά του ακούγεται σαν την κατάρα. Και φέρνει μονάχα βάσανα σ' όποιον συναντήσει. Τρέξτε γρήγορα! Μη χάνετε λεπτό!

Ο Ανδρέας σηκώθηκε. Κοντοστάθηκε να ξαναβρεί την αναπνοή του. Μετά γύρισε την πλάτη του στις χάλκινες πόρ-

τες και χωρίς να ξανακοιτάξει πίσω, πήρε το δρόμο της επι-
στροφής. Βάδιζε προς το άγνωστο. Έτσι ένιωθε. Έτσι ήταν.

–Μη φεύγεις. Περίμενε. Πάρε με μαζί σου..

Ο ψίθυρος χανόταν σε κάθε του βήμα. Η μαύρη άβυσσος
τον κατάπινε στα σπλάχνα της αργά-αργά όπως ο πύθωνας
τα θύματά του. Αυτή ήταν η τιμωρία του.

– Νάτος! Έρχεται, φώναξε η Λίλι.

Έτρεξαν προς το μέρος του. Λαχάνιασαν.

– Λοιπόν;

Ο Ανδρέας προχωρούσε ανέκφραστος. Για πρώτη φορά
έδειχνε τόσο κουρασμένος. Εξουθενωμένος. Η φωνή του
έβγαινε με δυσκολία.

– Ο Άρης. Ο θεός του πολέμου, ψέλλισε. Πώς θα τα βά-
λουμε μαζί του;

Τα παιδιά τα έχασαν.

– Αυτός είναι ο προδότης; ρώτησε η Ναμίμπ.

Ο Ανδρέας δεν είπε τίποτε. Η σιωπή του ήταν η επιβε-
βαίωση.

Τούς κόπηκε το αίμα. Η γη άρχισε να τρέμει κάτω από τα
πόδια τους. Η αίσθηση της βαρύτητας χάθηκε πάλι. Τα βλέ-
φαρά τους βάρυναν. Η τελευταία εικόνα που υπήρχε στο μυα-
λό τους όταν ξύπνησαν το επόμενο πρωί ήταν η σκοτεινή σπη-
λιά και τ' αποκαΐδια της φωτιάς που άχνιζαν ακόμη.

Σαΐδ

I

Το κινητό χοροπήδησε πάνω στο κομοδίνο. Το σφύριγμα του εισερχόμενου μηνύματος γαργάλισε τ' αφτιά του Ανδρέα μα ως εκεί. Δεν ακούστηκε ως τ' όνειρό του. Ο Ανδρέας κοιμόταν βαθιά. Το κόκκινο ρολόι έδειχνε 10:00 το πρωί. Ο Κωστής περίμενε είκοσι λεπτά δίχως να πάρει απάντηση.

«Τον υπναρά!» μουρμούρισε. «Ποιος ξέρει τι θα έγινε πάλι χθες».

Σκέφτηκε να πάει από το σπίτι του φίλου του. Μετάνιωσε. Θα του τηλεφωνούσε αργότερα.

Οι γονείς του Ανδρέα έπιναν καφέ στο σαλόνι. Η Κατερίνα ήταν αφοσιωμένη σ' ένα καινούριο παζλ. Ο πατέρας της την χάζευε.

– Δες την με τι σχολαστικότητα διαλέγει τα κομμάτια, είπε στη γυναίκα του.

Η Άννα χαμογέλασε.

– Λες και δεν την ξέρεις. Ό,τι κάνει πρέπει να είναι τέλειο. Συμβιβάζεται με τίποτα λιγότερο;

– Αυτό ξαναπές το!

– Τι θα γίνει; Θα μιλάτε πολλή ώρα ακόμη για μένα; Σας ακούω, είπε η Κατερινούλα δίχως να σηκώσει τα μάτια της από το παζλ.

Οι γονείς της κοιτάχτηκαν με ύφος δήθεν συνωμοτικό.

– Μα ποιος σου είπε πως μιλούσαμε για σένα κρυφά; Άλλωστε και να θέλαμε δε θα μπορούσαμε, αστειεύτηκε ο μπαμπάς της.

– Μαμά, πες του! Πάλι με πειράζει!

Η Άννα σηκώθηκε από τον καναπέ κι έκατσε δίπλα της στο μαλακό γκρι χαλί.

Λοιπόν, τι έχουμε εδώ; τη ρώτησε.

– Το κεφάλι της γατούλας το έχω τελειώσει, όπως βλέπεις. Τα γατάκια που παίζουν με το μαλλιαρό κουβάρι είναι λίγο μπελάς.

– Μμμ.. Δε νομίζω ότι θα χρειαστείς βοήθεια. Είσαι σε πολύ καλό δρόμο.

– Μπαμπά, ακούς; Είμαι σε πολύ καλό δρόμο.

– Ήμουν σίγουρος. Από τη στιγμή που το είδα στη βιτρίνα του βιβλιοπωλείου ήξερα πως θα τα κατάφερνες μόνη σου και χωρίς καμιά βοήθεια.

Η Κατερινούλα φούσκωσε σαν παγώνι από περηφάνια.

104

Στον επάνω όροφο ο Ανδρέας προσπαθούσε να ξυπνήσει. Τα μάτια του με το που άνοιγαν ξανάκλειναν στη στιγμή.

«Πω, πω! Κούραση», ψέλλισε. «Πονάει όλο μου το κορμί. Μέχρι να το πάρει απόφαση να σηκωθεί πέρασαν άλλα δέκα λεπτά.

– Άντε κουνήσου, σαν τη χελώνα πας, τού είπε η Κατερίνα προσπερνώντας τον σαν συναντήθηκαν στο χωλ. Βιάζομαι και με καθυστερείς. Μου τελείωσε η κόλλα.

Ο Ανδρέας έκανε στην άκρη σβαρνώντας τα πόδια του.

– Έχουμε αγώνα δρόμου και δεν το κατάλαβα;

– Ανδρέα, πήγαινε να πλυθείς και να κάνεις και τα μαλλιά σου. Είσαι σαν να έβαλες τα δάχτυλά σου στην πρίζα, του φώναξε μέσα από το δωμάτιο ξεσπώντας σε χαχανητά.

– Εξυπνάδες! Είσαι τυχερή που δεν έχω όρεξη να σε κυνηγήσω.

– Σιγά τα λάχανα! μουρμούρισε η Κατερίνα και περνώντας ξανά από δίπλα του τού έριξε ένα πεταχτό φιλί στον αέρα. Καλημέρα αδερφούλη, θα σε δω κάτω, είπε κι άρχισε να κατεβαίνει τη σκάλα τραγουδώντας.

Όταν ο Ανδρέας αντίκρισε τον εαυτό του στον καθρέφτη τα έχασε. Το πρόσωπό του είχε μουντζούρες, τα μαλλιά του ήταν ανάκατα, σκονισμένα. Πώς ήταν έτσι;

Πήρε το μπουρνούζι του και μπήκε στο μπάνιο. Το ζεστό νερό κυλούσε πάνω στο κορμί του σαν βάλσαμο. Έμεινε εκεί κάμποση ώρα. Οι υδρατμοί έτρεχαν πάνω στα πλακάκια. Δεν σάλευε. Μονάχα σκεφτόταν. Το νερό βοηθούσε.

105

Ξεδιάλυνε τη σκέψη του. Όλα έμπαιναν σε μια σειρά. Οι δύο κόσμοι συνδέονταν. Δεν θα μπορούσε να είναι αλλιώς. Πρώτα ο ξύλινος κύλινδρος κάτω απ' το μαξιλάρι του και τώρα αυτό. Τέλος. Οι δύο κόσμοι επικοινωνούσαν. Πώς; Ιδέα δεν είχε.

Βγήκε από το μπάνιο. Ντύθηκε και κατέβηκε για πρωινό. Συζήτησε με τους γονείς του περί ανέμων και υδάτων. Βοήθησε και λίγο τη Κατερίνα με το παζλ. Έπειτα ανέβηκε πάλι στο δωμάτιό του.

Οι γονείς του τον κοιτούσαν καθώς ανέβαινε νωχελικά τη σκάλα.

–Εφηβεία. Θα περάσει. Θέλει χώρο και χρόνο, σχολίασε ο Χρήστος.

Ο Ανδρέας είχε βγάλει το πρόγραμμα της ημέρας. Πρώτα διάβασμα –πότε είχε έρθει και πάλι η Δευτέρα!- και μετά είχε κάτι πολύ συγκεκριμένο να κάνει. Μόλις κάθισε στο γραφείο χτύπησε το κινητό.

– Επιτέλους! Έγινε το θαύμα και ξύπνησες; ακούστηκε ο Κωστής από την άλλη πλευρά της γραμμής.

– Είδες; Έγινε κι αυτό! Πού είσαι φίλε;

– Σου έστειλα μήνυμα αλλά εσύ ούτε φωνή ούτε ακρόαση.

– Οικογενειακές υποχρεώσεις.

– Κατάλαβα. Διάβασες για το διαγώνισμα στα αρχαία;

– Τώρα θ' αρχίσω. Τα είδα, δεν είναι πολλά.

– Το ξέρω. Θα βρεθούμε το απόγευμα;

– Θα σε πάρω όταν τελειώσω να συνεννοηθούμε.

– OK. Τα λέμε μετά.

– Γεια.

Ο Ανδρέας έκλεισε το τηλέφωνο και πήρε τη θέση του στο γραφείο. Ώρα για διάβασμα. Και το εννοούσε. Ούτε καρφίτσα δεν ήθελε να πέφτει.

II

«Πώς θα ήτανε άραγε ο κόσμος χωρίς ρολόγια;»

Ο Ανδρέας με τη γεύση του αγαπημένου του φαγητού στο στόμα επεξεργαζόταν την απορία της Κατερίνας. Την είχε θέσει υπό συζήτηση την ώρα του φαγητού. Γιατί για την αδερφή του το «όταν τρώμε δεν μιλάμε» δεν ίσχυε ποτέ και σε καμία περίπτωση.

«Δες τι πήγε και σκέφτηκε το μικρό, αντί να βλέπει τα στρουμφάκια! Τα αρχαία χρόνια δηλαδή πώς ήταν χωρίς ρολόγια;» αναρωτήθηκε καθώς έκλεινε την πόρτα πίσω του. «Σιγά, στον κόσμο του αετού δεν υπάρχουν ρολόγια. Αλλά τι λέω. Ούτε χρόνος υπάρχει».

Σε λίγο ακουγόταν ο χαρακτηριστικός ήχος της έναρξης λειτουργίας του υπολογιστή. Από το πρωί περίμενε αυτή τη στιγμή. Η οθόνη άνοιξε κι αμέσως έκλεισε. Ο Ανδρέας κούνησε το ποντίκι. Δεν ανταποκρίθηκε. Ο υπολογιστής ξεκίνησε απ' την αρχή. Έναρξη και στο καπάκι απενεργοποίηση. Από μόνος του, δίχως εντολή. Ο Ανδρέας έλεγξε τις συνδέσεις. Όλα στη θέση τους.

«Τι στο καλό», απόρησε.

Ακούστηκε ο ήχος που κάνουν δύο γυμνά καλώδια σαν ενωθούν και πετάξουν μερικές σπίθες. Η οθόνη έλαμψε και ύστερα ξαναβυθίστηκε στο σκοτάδι.

«Τώρα μάλιστα! Αν κράσαρε, καήκαμε».

Έγειρε μπροστά. Σαν κάτι να είδε. «Καμένα pixels;» αναρωτήθηκε. Ακούμπησε το σημείο με το δείκτη του χεριού του. Βγήκε μια λάμψη. Για μερικά δευτερόλεπτα έμεινε πάνω το αποτύπωμά του.

Συνοφρυώθηκε. «Έλα μου..;»

Τράβηξε μια γραμμή με το δάχτυλό του. Μετά από λίγο χάθηκε. Σχεδίασε αριθμούς, σκόρπια γράμματα. Μέχρι εκεί. Όταν απομάκρυνε το δάχτυλό του η οθόνη σώπαινε και πάλι.

«Μάλιστα. Για να δούμε τώρα..»

Έγραψε τ' όνομά του. Τίποτε. Δοκίμασε άλλες λέξεις, τα ονόματα των παιδιών. Καμία διαφορά.

«Σκέψου, σκέψου», είπε επιτατικά στον εαυτό του.

Πολλές προσπάθειες πήγαν χαμένες. Στο τέλος πληκτρολόγησε τη λέξη «μύθος». Αυτό ήταν. Η οθόνη μεμιάς φωτίστηκε κι όλα επανήλθαν σε λειτουργία. Όλα εκτός από το βασικότερο. Τα windows είχαν εξαφανιστεί. Ο υπολογιστής είχε μπει σ' ένα λειτουργικό σύστημα ανύπαρκτο. Διάσπαρτες εικόνες που διαδέχονταν η μία την άλλη πλημμύρισαν την οθόνη. Εικόνες γνώριμες. Ήταν μέρη που είχαν πάει, πρόσωπα που είχαν συναντήσει. Το δάσος, τα μονοπάτια, η κοπέλα με την αέρινη παρουσία, το μαντείο, η σπηλιά, ο γέροντας, οι Εκατόγχειρες. Έβλεπε τα πάντα ζωντανά μπροστά στα μάτια του. Κάποιες άλλες εικόνες ήταν θολές. Άγνωστες. Εικόνες που η στιγμή τους δεν είχε έρθει ακόμη. Εικόνες από το μέλλον. Κι ένα παράξενο όνομα. Σαΐδ.

Ήταν ώρα καρφωμένος εκεί ώσπου κάτι έλαμψε στο κέντρο της οθόνης. Κι όσο η λάμψη ξεθώριαζε τόσο πιο ευδιάκριτο γινόταν το αποτύπωμά της. Ένα δακτυλικό αποτύπωμα!

«Πλάκα μου κάνεις..»

Ο Ανδρέας άγγιξε την οθόνη. Η ίδια απάντηση επιβεβαίωσε την υποψία του. Κάποιος βρισκόταν από την άλλη μεριά. Πριν προλάβει να σκεφτεί, η απορία του λαμπύριζε μπροστά στα μάτια του.

–Ποιος είναι;

Κοντοστάθηκε. Δεν ήξερε αν έπρεπε ν’ απαντήσει. Καχυποψία ή προνοητικότητα; Σηκώθηκε από το γραφείο κι άρχισε να περπατά πάνω-κάτω, ως την πόρτα και πάλι πίσω. Μέχρι ν’ αποφασίσει, η ερώτηση στην οθόνη είχε χαθεί.

«Ε, όχι!» είπε βάζοντάς τα με τον εαυτό του. Έγειρε στην οθόνη και με το δάχτυλό του έγραψε:

–Ο Ανδρέας. Εσύ;

Η απάντηση ήρθε αστραπιαία.

–Η Ναμίμπ.

Και οι δύο ξεφύσησαν ανακουφισμένοι.

–Τι συμβαίνει;

–Δεν έχω ιδέα.

Ο Ανδρέας έγραψε με κεφαλαία γράμματα «Σαΐδ» και δίπλα ένα ερωτηματικό.

Ούτε η Ναμίμπ ήξερε. Ίσως κάποιος που θα συναντούσαν;

Η συνομιλία τους είχε τη μορφή τηλεγραφήματος. Κάθε λέξη παρέμενε φωτεινή μερικά δευτερόλεπτα ώσπου τα γράμματα να σβήσουν το ένα μετά το άλλο και η λέξη να εξαφανιστεί τελείως.

– Τα παιδιά; ρώτησε η Ναμίμπ.

– Μόνο εμείς.

Η Ναμίμπ δεν πρόλαβε να συνεχίσει. Ο υπολογιστής ξεκίνησε την κανονική του λειτουργία σαν κάποιο αόρατο χέρι να του είχε πληκτρολογήσει μια εντολή. Η συνομιλία διακόπηκε στη μέση.

«Να πάρει!» είπε ο Ανδρέας απογοητευμένος.

Αυτό ήταν που ήθελε από το πρωί. Να βρει έναν τρόπο να επικοινωνήσει με τα υπόλοιπα παιδιά. Τώρα, όμως, είχε το «Σαΐδ». Δεν ήταν τυχαίο. Τίποτε σ' αυτή την ιστορία δεν ήταν τυχαίο.

III

«Σαΐδ» και enter.

«Για να δούμε τι θα δούμε..»

Δεκάδες άρθρα έκαναν λόγο για το Πορτ-Σάιδ, ένα από τα μεγαλύτερα λιμάνια της Αιγύπτου.

Ο Ανδρέας περνούσε από τη μια σελίδα στην άλλη ελέγχοντας κάθε τι που θα μπορούσε να του δώσει ένα στοιχείο. Αρκετή ώρα μετά αποφάσισε πως δεν είχε νόημα να ψάξει περισσότερο. Από τη στιγμή που δεν είχε βρει τίποτε στο διαδίκτυο δεν θα έβρισκε πουθενά αλλού. Το ερώτημα αν η Αίγυπτος είχε τελικά κάποια σχέση με όλα αυτά θα έμενε προς το παρόν αναπάντητο.

Η ώρα ήταν 17:00 και η Κατερίνα δεν είχε χτυπήσει ακόμη την πόρτα του. Παράξενο. Συνήθως ξυπνούσε πριν από τους γονείς τους και τρύπωνε στο δωμάτιό του για να συζητήσουν σοβαρά θέματα. Δηλαδή ό,τι της ερχόταν στο μυαλό. Ο Ανδρέας πολλές φορές είχε σκεφτεί να κλειδώσει την πόρτα του για να την αποφύγει. Δεν το έκανε ποτέ. Κατά βάθος του άρεσε αυτό το ανήσυχο πνεύμα της αδερφής του.

«Μονάχα να ήξερε γι᾽ αυτά που συμβαίνουν. Δε θα τη σταματούσε κανείς», μονολόγησε.

Κατέβηκε στην κουζίνα να βάλει ένα ποτήρι χυμό και να πάρει τηλέφωνο τον Κωστή. Θα παρακολουθούσαν μαζί τον ποδοσφαιρικό αγώνα της Μπαρτσελόνα με τη Ρεάλ Μαδρίτης. Οι δύο φίλοι είχαν κανονίσει να βρεθούν πιο νωρίς και μετά να πάνε στο σπίτι του Κωστή. Συναντήθηκαν στο γνωστό τους σταυροδρόμι και άρχιζαν να κατηφορίζουν.

Ο Ανδρέας μπήκε κατευθείαν στο θέμα.

– Φίλε, αυτά που γίνονται δεν υπάρχουν ούτε στα πιο τρελά όνειρα.

– Φυσικά και δεν υπάρχουν, αφού είναι όνειρο, αστειεύτηκε ο Κωστής.

– Έλα, μιλάω σοβαρά. Μόλις ακούσεις τι έχω να σου πω..

– Ε, άντε! Λέγε.

Ο Ανδρέας τού διηγήθηκε πώς είχε ανοίξει η γη κάτω από τα πόδια τους και από μέσα ξεπρόβαλε το ιερό του Απόλλωνα. Τού είπε για τα μπερδεμένα λόγια της Πυθίας. Τού μίλησε για τη σπηλιά και το γέροντα με την αποκρουστική όψη. Τού περιέγραψε το νοητό τους ταξίδι στα Τάρταρα, τους Εκατόγχειρες, τις φωνές πίσω από τις χάλκινες πόρτες.

– Περίμενε! Ένα λεπτό, τον διέκοψε ο Κωστής. Μη μου τα λες όλα μαζί. Με τη σειρά.

– Με τη σειρά σου τα λέω, όπως ακριβώς έγιναν.

– Και πώς ήταν;

– Τέλεια!

– Ανδρέα, δεν πας καλά. Στα Τάρταρα και τέλεια;

– Δεν μπορείς να καταλάβεις.

– Και τώρα;

– Τώρα, υπομονή μέχρι το βράδυ.

– Έτσι απλά;

– Δεν μπορώ να κάνω κι αλλιώς.

– Και;

– Τι και; επανέλαβε ο Ανδρέας

– Υπάρχει και κάτι άλλο. Σε ξέρω. Ο Κωστής σταμάτησε να προχωρά. Δε θα μου πεις;

– Θα σου πω αλλά δε θα βγάλεις άκρη.

– Πες εσύ και βλέπουμε.

Ο Ανδρέας του είπε για το περιστατικό με τον υπολογιστή και για το «Σαΐδ».

– Πάει πουθενά το μυαλό σου;

Ο Κωστής κλώτσησε ένα μικρό χαλίκι που βρέθηκε μπροστά του.

– Δεν έχω ιδέα. Μου θυμίζει Ανατολή.

– Είναι λέει ένα από τα μεγαλύτερα λιμάνια της Αιγύπτου.

– Και πού κολλάει η Αίγυπτος;

– Ωχ! Πρέπει να βιαστούμε, είπε ο Ανδρέας κοιτώντας την ώρα στο κινητό. Θ' αρχίσει το πρώτο ημίχρονο. Αυτό είπα κι εγώ, πού κολλάει;

Οι δύο φίλοι άνοιξαν το βήμα τους.

–Άσε, το συνεχίζουμε μετά, πρότεινε ο Κωστής.

–Μετά, συμφώνησε κι ο Ανδρέας. Πάμε τώρα.

Στο σπίτι του Κωστή όλα ήταν έτοιμα για τον μεγάλο αγώνα. Την ώρα που έφτασαν έβγαινε από το αυτοκίνητο κι ο Χρήστος.

Ο Ανδρέας χάρηκε πολύ που τον είδε.

–Μπαμπά, τι έγινε; Πώς κι από 'δω;

– Εγώ τον κάλεσα, τον πρόλαβε ο πατέρας του Κωστή που είχε βγει στην εξώπορτα. Είπαμε. Η βραδιά σήμερα είναι άκρως ποδοσφαιρική. Δεν γίνεται να λείπει κανείς.

–Ακυρώθηκε το τελευταίο μου ραντεβού, εξήγησε ο πατέρας του.

–Τύχη βουνό δηλαδή, είπε ο Ανδρέας.

– Θα έχει και πίτσα; ρώτησε ο Κωστής καθώς έμπαιναν μέσα.

– Το ρωτάς; Ποδόσφαιρο χωρίς πίτσα γίνεται;

Η πόρτα έκλεισε πίσω τους και όλοι πήραν θέση μπροστά στη μεγάλη οθόνη.

IV

– Φανταστικός αγώνας, ε μπαμπά; ρώτησε ο Ανδρέας καθώς έβαζε τη ζώνη του.

Ο Χρήστος γύρισε το κλειδί και το αυτοκίνητο πήρε μπρος.

– Ναι, έπαιξαν εκπληκτική μπάλα.

– Τι λες, πάμε μια βόλτα; Δε θέλω να γυρίσουμε ακόμη.

– Βόλτα; Είναι αργά. Αύριο έχεις σχολείο.

– Σε παρακαλώ, μπαμπά, μισή ωρίτσα μόνο. Άλλωστε κάθε πότε βρισκόμαστε οι δυο μας;

Ο Ανδρέας είχε αγγίξει την ευαίσθητη χορδή του πατέρα του. Πάντα έλεγε πως όσες ώρες και να περνούσε με τα παιδιά του δεν θα τού ήταν ποτέ αρκετές. Η δουλειά του τον κρατούσε μακριά τους πολλές περισσότερες.

– Ο πατέρας του τού χαμογέλασε, έβγαλε φλας κι άνοιξε το ράδιο.

– Πολύ ωραία. Πού θέλεις να πάμε;

– Όπου να 'ναι. Αρκεί να μην γυρίσουμε σπίτι από τώρα.

– Είναι σοβαρό; Ν' ανησυχήσω;

– Όχι, έγνεψε ο Ανδρέας. Απλά θέλω να πάμε μια βόλτα μαζί. Αυτό είναι όλο.

– Φύγαμε τότε.

Έτσι κι έγινε. Η βραδιά ήταν πολύ γλυκιά. Διέσχιζαν την παραλιακή λεωφόρο. Η θάλασσα ήταν λάδι. Οι μεγάλες λάμπες έλουζαν με το φως τους την πλακόστρωτη προκυμαία. Πατέρας και γιος συζητούσαν για διάφορα. Δεν είχαν συχνά την ευκαιρία. Το ένα έφερε το άλλο και στο μυαλό του Ανδρέα ξαναήρθε το «Σαΐδ». Έτσι γίνεται. Όταν κάτι σε απασχολεί το συναντάς μπροστά σου ακόμη κι όταν κάνεις τα πάντα για να το ξεχάσεις έστω και για λίγο.

– Μπαμπά, τι ακριβώς είναι τα όνειρα;

– Εικόνες που υπάρχουν στο υποσυνείδητό μας. Στιγμές του παρελθόντος ή επιθυμίες ανεκπλήρωτες. Γιατί ρωτάς;

– Γιατί βλέπω όνειρα κάθε βράδυ. Μερικά είναι σαν κινηματογραφικές ταινίες. Διαρκούν όλη τη νύχτα.

– Κανένα όνειρο δε διαρκεί παραπάνω από μερικά δευτερόλεπτα. Εμείς νομίζουμε ότι κρατάει πολλές ώρες.

– Μερικά δευτερόλεπτα; Μόνο; Πώς γίνεται;

– Έτσι είναι. Ο χρόνος του ονείρου κυλά διαφορετικά. Περνά σαν αστραπή.

Μετά από αυτό ο Ανδρέας είχε σιγουρευτεί. Όλα ήταν ένα όνειρο. Ένα τρελό, εξωπραγματικό, αδιανόητο όνειρο, από αυτά που δεν θέλεις να ξυπνήσεις για να μη χάσεις τη συνέχεια.

Η ώρα κόντευε 01:00 όταν ο πατέρας του πήρε τη στροφή για το σπίτι. Ο Ανδρέας είχε αποκοιμηθεί. Από μωρό με το που έμπαινε στο αυτοκίνητο κοιμόταν αμέσως. Ο πατέρας του τον ξύπνησε για να κατέβει.

– Όλα εντάξει τώρα; τον ρώτησε.

Ο Ανδρέας έπνιξε ένα χασμουρητό.

– Ναι, μια χαρά. Να το ξανακάνουμε σύντομα.

– Στο υπόσχομαι! Άντε πήγαινε, τα μάτια σου κλείνουν.

– Καληνύχτα μπαμπά.

– Καληνύχτα, θα τα πούμε το πρωί.

Ανέβηκε τις σκάλες κουτουλώντας. Ευτυχώς είχε ετοιμάσει την τσάντα του για το σχολείο από το μεσημέρι. Ίσα που πρόλαβε να πλυθεί και ν' αλλάξει. Μόλις ξάπλωσε τον πήρε ο ύπνος κατευθείαν.

V

«Πού βρίσκομαι;»

Το μέρος τού ήταν γνώριμο. Τα χρώματα, οι ήχοι, οι μυρωδιές. Άνοιξε τα μάτια του. Στεκόταν στην αποβάθρα, στο τελευταίο σανίδι. Δεν ήξερε πώς βρέθηκε εκεί. Γύρισε το κεφάλι του προς τα πίσω. Ελάχιστα αυτοκίνητα κινούνταν στην παραλιακή λεωφόρο. Δυο-τρεις πεζοί, γερά ντυμένοι, βάδιζαν προς διαφορετική κατεύθυνση ο καθένας.

Η ψύχρα θέριζε. Ο Ανδρέας φορούσε ένα κοντομάνικο μπλουζάκι και από πάνω ένα λεπτό αθλητικό μπουφάν μα δεν κρύωνε. Περίεργο. Λίγα βήματα πίσω του καθόταν ένας κύριος. Το παλτό του ήταν βρώμικο, πολυκαιρισμένο. Φορούσε γάντια, κασκόλ και σκούφο στο κεφάλι. Όλα γεμάτα τρύπες. Ψάρευε μ' ένα μακρύ καλάμι. Ήταν στην ηλικία του πατέρα του.

«Ο αετός, πού είναι;» αναρωτήθηκε.

Πέρα στον ορίζοντα είχε αρχίσει να διακρίνεται η ανατολή του ήλιου. Μπερδεύτηκε. Ούτε η ώρα ήταν σωστή. Δεν ξημερώνει από τις δύο τα χαράματα. Από τη μια δεν καταλάβαινε τι συνέβαινε κι από την άλλη τού φαινόταν τόσο φυσιολογικό το να μην καταλαβαίνει. Αποφάσισε να περιμένει. Στηρίχτηκε στο στύλο της λάμπας, της τελευταίας στο βάθος της αποβάθρας.

Μπορεί να είχαν περάσει μερικά λεπτά όταν όλες οι λάμπες ανάψανε ταυτόχρονα.

«Τώρα που ξημερώνει;»

Κι όμως. Δεν ξημέρωνε. Ο ήλιος δεν ξεπρόβαλε πίσω από τη θάλασσα. Αντίθετα, βυθιζόταν.

Ο Ανδρέας σάστισε.

«Δεν ξημερώνει. Νυχτώνει!» μονολόγησε. «Και μάλιστα δύει από την ανατολή!»

– Όλα είναι δυνατά, ακούστηκε μια φωνή. Κι όλα είναι ανάποδα.

Ο Ανδρέας γύρισε απότομα και κατευθύνθηκε προς τον κύριο που ψάρευε.

– Τι θέλετε να πείτε; τον ρώτησε σκύβοντας προς το μέρος του.

Ο κύριος δεν του έδωσε καμία σημασία.

– Με συγχωρείτε. Εσείς δε μου μιλήσατε;

Σιωπή. Ο Ανδρέας τον ξαναρώτησε. Ο κύριος έδειξε και πάλι να μην τον ακούει. Σαν να μην ήταν εκεί.

Ο Ανδρέας έκανε ένα δειλό βήμα προς τα πίσω και επέστρεψε αθόρυβα στο σημείο που βρισκόταν πριν. Ήταν εκεί, αλλά κανείς δεν τον έβλεπε; Κανείς δεν τον άκουγε; Στεκόταν μουδιασμένος. Ένιωθε δεκάδες βλέμματα να τον παρατηρούν από μακριά. Ήθελε να γυρίσει να δει. Δίσταζε.

Η λεπτή φλούδα από το δίσκο του ήλιου χάθηκε μες το νερό. Τότε θυμήθηκε τις ιστορίες που λένε στα μικρά παιδιά για τη στιγμή που ο ήλιος ακουμπά κατά τη δύση του τη θάλασσα και βγάζει έναν τσιγαριστό ήχο. Αυτόν τον ήχο, λένε, μπορείς να τον ακούσεις σε όποιο μέρος της γης κι αν βρίσκεσαι. Βυθίστηκε για λίγο στις αναμνήσεις του. Δεν πρόσεξε το ελαφρύ κύμα που είχε σηκωθεί. Το αντιλήφθηκε από τον παφλασμό του νερού στα κάθετα δοκάρια που στήριζαν την αποβάθρα.

– Έρχονται να σε πάρουν. Άκου.., ψιθύρισε πάλι η ίδια φωνή.

Ο Ανδρέας δεν μπήκε στον κόπο να γυρίσει. Έστρεψε το βλέμμα του στη θάλασσα. Δεν φαινόταν τίποτε. Ο αέρας έφερε στο αυτί του ομιλίες, φωνές γνώριμες που μπερδεύονταν μεταξύ τους. Μέσα στο σκοτάδι άρχισαν να διαφαίνονται φιγούρες. Όσο πλησίαζαν γίνονταν πιο ξεκάθαρες.

– Νάτος! ακούστηκε να φωνάζει η Λίλι.

Ο Ανδρέας κρεμάστηκε από την κουπαστή. Κόντεψε να πέσει στο νερό.

– Λίλι, εσύ είσαι;

– Όλοι είμαστε, ακούστηκε η μπάσα φωνή του Κένεθ.

– Επιτέλους! αναφώνησε ανακουφισμένος.

Η Ναμίμπ, η Λίλι και ο Κένεθ ξεπρόβαλαν μέσα από το σκοτάδι.

– Καλά, εσείς πώς βρεθήκατε πάλι όλοι μαζί;

– Ποιος σου είπε πως βρεθήκαμε ταυτόχρονα; απάντησε με ερώτηση ο Κένεθ.

– Όπως τις προηγούμενες φορές. Ο καθένας με τη σειρά του, συμπλήρωσε η Λίλι.

– Και ο αετός;

– Ο αετός δεν ξαναήρθε. Δεν ξέρουμε γιατί.

– Και τώρα ποιος μας οδηγεί; Πού πάμε;

Η Ναμίμπ τον κοίταξε μέσα στα μάτια.

– Σαΐδ, του είπε

– Σαΐδ, επανέλαβε κι ο Ανδρέας.

– Τι Σαΐδ; πετάχτηκε ο Κένεθ. Εσύ Λίλι, ξέρεις;

Η Λίλι ανασήκωσε τους ώμους της δηλώνοντας άγνοια.

– Δηλαδή μόνο εσείς οι δύο ξέρετε;

Η Ναμίμπ ένευσε καταφατικά και μαζί με τον Ανδρέα τους διηγήθηκαν τι είχε γίνει μερικές ώρες πριν.

– Και τι είναι το Σαΐδ τελικά;

– Ακόμη δεν ξέρουμε.

– Όπου να 'ναι, ακούστηκε η φωνή για ακόμη μία φορά.

– Ποιος μιλάει; ρώτησε η Λίλι.

–Ο Ανδρέας σηκώθηκε όρθιος. Η βάρκα ταρακουνήθηκε.

– Το ακούτε κι εσείς; Κι εγώ που νόμιζα πως κάποιος μιλούσε στη σκέψη μου. Είχα μια κρυφή ελπίδα να ήταν ο αετός.

119

Τα παιδιά ακόμη συζητούσαν για το «Σαΐδ» όταν η ξύλινη βάρκα άρχισε να κινείται.

– Το νιώσατε αυτό; Ξεκινήσαμε, είπε ο Κένεθ.

Η θάλασσα τώρα ήταν γαλήνια. Το αεράκι είχε κοπάσει κι ολόγυρα είχε απλωθεί ένα λευκό πέπλο ομίχλης. Ο Κένεθ καθόταν με τη Λίλι και αντικριστά η Ναμίμπ με τον Ανδρέα.

– Ο ξύλινος κύλινδρος! Πού είναι; πετάχτηκε ξαφνικά η Ναμίμπ.

– Μαζί μου τον έχω, είπε ο Ανδρέας και ξεκούμπωσε το μπουφάν του για να βεβαιωθεί. Τον είχε περασμένο στον ώμο του. Για μια στιγμή, όμως..

Ο κύλινδρος ζεμάτουσε. Μοσχοβόλησε πεύκο.

Λίγα δευτερόλεπτα αργότερα τα γράμματα χόρευαν πάλι μπροστά στα μάτια τους για ν' αποκαλύψουν το μήνυμα που έκρυβαν κι αυτή τη φορά.

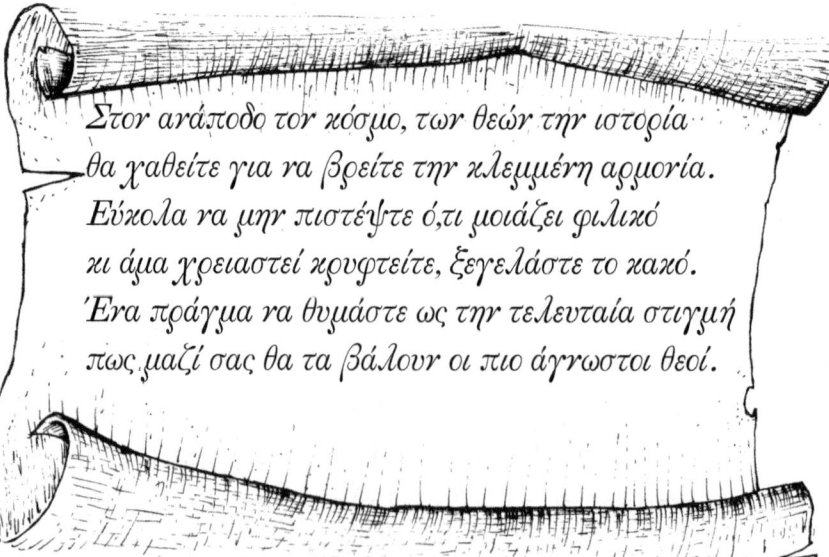

Στον ανάποδο τον κόσμο, των θεών την ιστορία
θα χαθείτε για να βρείτε την κλεμμένη αρμονία.
Εύκολα να μην πιστέψτε ό,τι μοιάζει φιλικό
κι άμα χρειαστεί κρυφτείτε, ξεγελάστε το κακό.
Ένα πράγμα να θυμάστε ως την τελευταία στιγμή
πως μαζί σας θα τα βάλουν οι πιο άγνωστοι θεοί.

–Τώρα εξηγούνται όλα, είπε ο Ανδρέας. Γι' αυτό νύχτωνε αντί να ξημερώνει. Γι' αυτό δεν κρύωνα ενώ είχε παγωνιά. Όλα πηγαίνουν αντίθετα!

– Τι εννοείς; ρώτησε ο Κένεθ.

– Μπαίνουμε σ' έναν άλλο κόσμο, συνέχισε. Σε μια εποχή που δεν υπήρξε ποτέ. Μπαίνουμε στον κόσμο της μυθολογίας των θεών. Κανείς δεν ξέρει γι' αυτόν.

Η Ναμίμπ το έπιασε αμέσως.

– Και είναι ο καθρέφτης της μυθολογίας των ανθρώπων. Γι' αυτό είναι ανάποδος, πρόσθεσε με σιγουριά.

– Σαΐδ, ψέλλισε ο Ανδρέας. Πώς δεν το σκεφτήκαμε πιο πριν; Είναι γραμμένο ανάποδα!

– Δίας! ξεστόμισαν όλοι με μια φωνή.

Η στάθμη της θάλασσας μονομιάς κατέβηκε στη μεριά που έπλεε η βάρκα και φούσκωσε στον ορίζοντα μπροστά τους. Ένα πελώριο κύμα γεννιόταν μακριά που θα ερχόταν με ορμή προς τα πάνω τους.

Τα παιδιά είχαν γαντζωθεί απ' όπου μπορούσαν. Μια ανάσα πριν τους σκεπάσει το κύμα οι φωνές τους κάλυψαν ακόμη και το βουητό που έβγαζε το μανιασμένο νερό. Ήταν αναπόφευκτο. Η θάλασσα θα τους ρουφούσε. Πού ακριβώς, όμως, θα τους έβγαζε;

Το μυστήριο

I

«Αααααααααααααα ....»

Οι κραυγές τους έσκισαν τον αέρα. Το πελώριο κύμα τούς κατάπιε. Πίστεψαν πώς είχε έρθει το τέλος. Και ξαφνικά όλα γαλήνεψαν. Οι φωνές σώπασαν. Άνοιξαν τα μάτια τους. Η βάρκα ήταν εκεί. Δεν είχε αναποδογυρίσει. Δεν είχε βυθιστεί. Επέπλεε μέσα σ' ένα τούνελ. Είχαν σωθεί! Το κύμα έκρυβε μέσα του ένα μυστικό πέρασμα που θα τους οδηγούσε στην απέναντι πλευρά.

Πίσω στην αποβάθρα ο χρόνος είχε βρει την κανονική του ροή. Τ' αστέρια μεσουρανούσαν. Ήθελε ώρες για να χαράξει. Η ομίχλη είχε διαλυθεί. Μονάχα το κρύο παρέμενε το ίδιο. Τσουχτερό.

Τη στιγμή που το κύμα τους τύλιξε και σφράγισε πίσω τους την είσοδο, ένα γεράκι πρόλαβε και τρύπωσε από κάτω. Πέταξε σαν βολίδα ξυστά πάνω από τα κεφάλια τους.

«Θα σας δω στην άλλη μεριά».

Ο Ανδρέας το άκουσε. Το είδε καθώς χανόταν στο βάθος του θαλάσσιου τούνελ. Μόνο αυτός, κανείς άλλος. Ούτε η Ναμίμπ που καθόταν δίπλα του. Δεν είπε τίποτε. Ήξερε πως το γεράκι ήταν το ίδιο με αυτό στη σπηλιά. Ο ίδιος θεός που τώρα περνούσε απέναντι μαζί τους. Ανακούφιση! Δεν θα ήταν μόνοι τους.

II

– Κοιτάξτε! Εκεί τελειώνει, είπε η Λίλι δείχνοντας με το χέρι της το φωτεινό σημείο στο βάθος του περάσματος.

– Λάθος! Το τέλος είναι ακόμη μακριά. Απομένουν αρκετοί κόμποι. Η Ναμίμπ έδειχνε και πάλι πολύ σίγουρη γι᾽ αυτό που έλεγε.

Το θαλάσσιο ρεύμα που τους τραβούσε στην έξοδο δυνάμωσε. Η βάρκα άρχισε να πλέει πιο γρήγορα. Η αγωνία, η αβεβαιότητα επέστρεψαν και πάλι στα βλέμματά τους. Το φως που έμπαινε από το άνοιγμα στο βάθος κρύφτηκε από ένα ψηλό κύμα που τράβηξε τη βάρκα και την πέταξε έξω στριφογυρίζοντάς την σαν καρυδότσουφλο. Έκανε αρκετούς κύκλους μέχρι να ξεφύγει από τη δίνη που την είχε παρασύρει. Η θάλασσα στην απέναντι πλευρά ήταν γαλήνια.

Μια βιαστική ματιά ολόγυρα ανέτρεψε οτιδήποτε είχαν φανταστεί. Ο κόσμος της μυθολογίας των θεών. Και μόνο στο άκουσμα το μυαλό ταξιδεύει σ᾽ έναν κόσμο παραδεισένιο. Αυτό που αντίκρισαν, όμως, απείχε χιλιόμετρα απ᾽ αυτό που περίμεναν. Ήλιος πουθενά. Πυκνά σύννεφα κάλυπταν τον ουρανό. Ψιχάλιζε. Η βάρκα κατευθυνόταν προς τη στεριά που ξεπρόβαλε μέσα από το μουντό τοπίο. Αρκετά μέτρα πριν την ακτή σταμάτησε να κινείται σαν να την κρατούσε κάποιος δεμένη.

– Και τώρα, τι; Μη μου πείτε ότι πρέπει να κολυμπήσουμε μέχρι έξω; Η Λίλι δεν φαινόταν καθόλου πρόθυμη να το κάνει.

– Έλα τώρα Λίλι, της είπε ο Κένεθ. Έχεις να προτείνεις κάτι άλλο;

– Μα ψιχαλίζει κι έχει κρύο. Τα νερό θα είναι παγωμένο, γκρίνιαξε.

– Δε μένει παρά να το διαπιστώσουμε, είπε ο Ανδρέας και πήδηξε στο νερό.

Ήταν ρηχά. Η στάθμη του νερού δεν ξεπερνούσε τους μηρούς του. Το σκούρο χρώμα της θάλασσας τους είχε ξεγελάσει. Δεν περίμεναν να πατήσει. Λάθος εκτίμηση. Και δεν ήταν η μόνη. Και το νερό ήταν πολύ χλιαρό, σχεδόν ζεστό.

– Πολύ παράξενο, μουρμούρισε ο Ανδρέας.

– Για ποιο λες; Για τη θάλασσα που δε ξεβαθαίνει; ρώτησε η Ναμίμπ.

– Και γι' αυτό και για το νερό που είναι ζεστό. Για περίμενε όμως.. Λες;

Πήρε λίγο νερό στην παλάμη του και το ακούμπησε στα χείλη του. Το γεύτηκε χωρίς να το καταπιεί. Οι υπόλοιποι τον κοιτούσαν απορημένοι.

– Κι αυτό εδώ δεν είναι θάλασσα, συμπλήρωσε σκουπίζοντας τα χείλη του.

Η Ναμίμπ τον μιμήθηκε.

– Καμία γεύση, είπε.

– Μυρίζει κάπως , πρόσθεσε ο Κένεθ μορφάζοντας ξινισμένα.

Δεν το συζήτησαν περισσότερο. Απέμεναν μόλις μερικά βήματα για να βγουν στη ξηρά.

III

– Τι μέρος είναι αυτό; ρώτησε η Λίλι κοιτώντας ολόγυρα μ' εκείνο το γνωστό έντρομο ύφος της. Με ανατριχιάζει! Μπρρρρ..

Το έδαφος ήταν ξερό, άγονο, γεμάτο πέτρες. Βράχοι διάσπαρτοι σε διάφορα σημεία σαν να είχαν πέσει τυχαία από τον ουρανό. Μπροστά τους ανοιγόταν ένα φαρδύ μονοπάτι, το μόνο που ανέβαινε στο βουνό. Δεν υπήρχε διέξοδος. Οι τέσσερις φίλοι πήραν την ανηφόρα.

Μονότονη διαδρομή. Όσο και ν' ανέβαιναν το τοπίο δεν είχε να προσφέρει τίποτε το αξιόλογο. Ως τη στιγμή που το μονοπάτι λοξοδρόμησε βγάζοντάς τους στην ακριανή δεξιά πλευρά του βουνού.

– Τώρα μάλιστα, σχολίασε ο Κένεθ. Τουλάχιστον αποκτά ενδιαφέρον.

Η Λίλι τον σκούντηξε κάνοντας μια γκριμάτσα.

– Πού τη βρίσκεις την όρεξη για αστεία; Απορώ!

– Εσύ πάλι, πού την έχασες; Τις τελευταίες δύο ώρες όλα σ' ενοχλούν. Τι συμβαίνει;

Η Λίλι άδειασε τον αέρα που είχε στους πνεύμονές της βγάζοντας έναν βαθύ αναστεναγμό.

– Δεν ξέρω. Έχω ένα πολύ κακό προαίσθημα.

–Ξέχνα τα κακά προαισθήματα, της είπε η Ναμίμπ. Όλα θα πάνε μια χαρά.

Η Λίλι χαμογέλασε παγωμένα κι άρπαξε το χέρι του Κένεθ που την τράβηξε αμέσως μπροστά, δίπλα του.

– Μη σε πάρει τώρα από κάτω, της ψιθύρισε. Δεν θέλω να στενοχωριέσαι.

– Μακάρι να είναι έτσι. Μακάρι να πάνε όλα καλά.

Τα παιδιά βάδιζαν με μεγάλη προσοχή. Το μονοπάτι είχε γίνει επικίνδυνο. Από τη μια πλευρά έστεκαν αγέρωχες οι πελώριες πέτρες κι από την άλλη το απόλυτο κενό, ο γκρεμός. Βγήκαν σ' ένα σημείο απ' όπου μπορούσαν ν' αγναντέψουν μέχρι εκεί που έφτανε το μάτι. Στεριά πουθενά. Το πέλαγος απέραντο. Κοιτώντας κάτω στη θάλασσα είδαν κάτι που και να τους το έλεγαν δε θα το πίστευαν. Δεκάδες μέτρα από τη στεριά ορθωνόταν περιμετρικά ένα ψηλό υδάτινο τείχος. Το νερό φούσκωνε, άφριζε και ξεδιπλωνόταν σ' ένα πελώριο κύμα. Το βουητό του ακουγόταν μέχρι την κορυφή του βουνού. Η θάλασσα το κατάπινε αμέσως και ταυτόχρονα γεννιόταν άλλο. Τα παιδιά στάθηκαν και το χάζευαν. Πριν δεν είχαν καταλάβει τι ακριβώς είχε συμβεί. Απόρησαν. Πώς είχαν περάσει από μέσα;

– Φτάνει. Καθυστερούμε, είπε κάποια στιγμή ο Ανδρέας κι άνοιξε το βήμα του.

Οι υπόλοιποι ακολούθησαν. Βάδιζε ο ένας πίσω από τον άλλον. Προπορευόταν ο Ανδρέας. Τελευταίος ο Κένεθ. Λίγα βήματα παρακάτω το μονοπάτι έβγαζε σ' ένα μεγάλο άνοιγμα. Ό,τι έπρεπε για μια μικρή ανάσα.

– Δακρύζουν τα μάτια μου, είπε η Ναμίμπ κι έβγαλε ένα μπουκαλάκι νερό από το σακίδιό της.

Ο Ανδρέας στεκόταν λίγο πιο πέρα κι έβρεχε το πρόσωπό του. Το νερό κύλησε μέχρι την μπλούζα του. Τη μούσκεψε. Δε φάνηκε να τον νοιάζει.

– Κι εμένα δακρύζουν. Και νυστάζω. Με δυσκολία τα κρατάω ανοιχτά.

– Εγώ ούτε το ένα ούτε το άλλο, είπε ο Κένεθ καθώς έκλεινε το φερμουάρ από το δικό του σακίδιο. Εσύ Λίλι;

Η Λίλι δεν ακούστηκε.

– Αλήθεια, πού είναι η Λίλι; αναρωτήθηκε η Ναμίμπ.

– Εδώ ήταν πριν από λίγο. Μαζί πήραμε τη στροφή. Πάω να δω.

– Αυτό δε μου αρέσει καθόλου, είπε ο Ανδρέας. Έκανε να σηκωθεί μα η Ναμίμπ τον κράτησε.

– Περίμενε.

Σε ένα λεπτό ο Κένεθ ήταν πίσω. Μόνος του. Τους κοίταξε και ξαναέφυγε βολίδα. Πέταξαν τα σακίδια κι έτρεξαν πίσω του. Οι φόβοι τους βγήκαν αληθινοί. Η Λίλι δεν ήταν πουθενά. Ο Κένεθ βρισκόταν σε απόγνωση.

– Δεν είναι δυνατόν! Λίλιιι… Λίλιιι.. Λίλιιιιιιιιιι..

Χωρίστηκαν. Ο Ανδρέας συνέχισε μπροστά. Η Ναμίμπ ανέλαβε το άνοιγμα ελέγχοντας σπιθαμή προς σπιθαμή ανάμεσα στους βράχους. Ο Κένεθ κατέβηκε το μονοπάτι. Μετά από ώρα ξαναβρέθηκαν στο ίδιο σημείο. Τίποτε. Η Λίλι ήταν άφαντη.

– Δε μπορεί! Άνοιξε η γη και την κατάπιε; ψέλλισε ο Κένεθ με τρεμάμενη φωνή. Δεν είμαστε μόνοι μας σ' αυτό το μέρος;

– Όχι, δεν είμαστε μόνοι μας, τού απάντησε ο Ανδρέας. Και θέλουν να φύγουμε. Και μάλιστα τώρα, πρόσθεσε κλείνοντας με τα του χέρια τα αυτιά του. Πέστε μου! Πού είναι; φώναζε. Γιατί αυτή κι όχι εμένα; Είστε δειλοί!

Η Ναμίμπ είχε σαστίσει.

– Ποιος είναι; Ποιος σου μιλάει;

– Είστε δειλοίιιιιιι.. ούρλιαζε ο Ανδρέας έχοντας πέσει με τα γόνατα στο έδαφος.

Ο Κένεθ δεν μπόρεσε να συγκρατήσει την οργή του. Φώναζε. Κλωτσούσε πέτρες. Στροβίλιζε με δύναμη το σακίδιό του δεξιά κι αριστερά.

– Ελάτε τώρα! Πόσοι είστε; Νομίζετε ότι σας φοβάμαι; Κανέναν δε φοβάμαι! Ελάτεεεεεεεεεεε..

– Σταματήστε, τσίριξε η Ναμίμπ και στους δύο. Ακούστε! Νομίζω ότι έρχεται ο αετός.

Ο Ανδρέας κι ο Κένεθ σώπασαν. Πράγματι, πλησίαζε. Ο ρυθμικός ήχος από το πέταγμά του γινόταν ολοένα και πιο ξεκάθαρος.

Τα παιδιά στάθηκαν άκρη-άκρη στο στενό μονοπάτι. Μόνο που η λαχτάρα τους δεν κράτησε πολύ. Η φιγούρα που πλησίαζε δεν έμοιαζε με του άσπρου αετού.

IV

– Ένα πράγμα να θυμάσαι ως την τελευταία στιγμή, πως μαζί σας θα τα βάλουν οι πιο άγνωστοι θεοί, επανέλαβε η Ναμίμπ.

– Δεν είναι ο αετός, την διαβεβαίωσε ο Κένεθ.

Η Ναμίμπ είχε καρφώσει τα μάτια της σε αυτό που ξεπρόβαλλε μέσα από τα θολά σύννεφα.

– Τότε τι είναι;

– Είναι αυτά που πήραν τη Λίλι, είπε με σιγουριά σφίγγοντας τα χείλη του από οργή.

Ο Ανδρέας τον έπιασε από το μπράτσο.

– Μη! Θα τα κάνεις χειρότερα.

Ο Κένεθ ήταν σαν να μην τον είχε ακούσει. Το μέτωπό του είχε ζαρώσει, τα φρύδια του είχαν ενωθεί. Η όψη του είχε αγριέψει.

«Θα σε βρω, Λίλι, στο υπόσχομαι, μουρμούρισε μέσα από τα δόντια του. Ήταν αποφασισμένος για όλα.

Ο Ανδρέας και η Ναμίμπ ήξεραν ότι τίποτε δεν θα τον σταματούσε.

Το πουλί που πετούσε προς το μέρος τους είχε πελώρια φτερά. Ανεβοκατέβαιναν με αργό ρυθμό αφήνοντας έναν ανατριχιαστικό φυσητό ήχο. Όταν έφτασε μπροστά τους όλα σκοτείνιασαν. Η Ναμίμπ σοκαρίστηκε από την κατάμαυρη όψη του. Έκανε να κοιτάξει τον Κένεθ αλλά ήταν αδύνατον να γυρίσει το κεφάλι της. Τα χέρια της είχαν κολλήσει πάνω στο σώμα της. Τα πόδια της είχαν καρφωθεί στο έδαφος. Είχε ακινητοποιηθεί. Μονάχα τα βλέφαρά της ανοιγόκλειναν από ένστικτο. Τρομοκρατήθηκε. Δεν μπορούσε να φωνάξει. Κι όσο περνούσαν τα δευτερόλεπτα την εγκατέλειπε και η λογική της. Ο Ανδρέας ίσα που πρόλαβε να κλειδώσει το μυαλό του την τελευταία στιγμή αλλά δεν θα άντεχε για πολύ. Ο Κένεθ από την άλλη μεριά είχε υπνωτιστεί από το περίεργο αυτό πλάσμα. Τι συνέβαινε; Κι ενώ όλα έμοιαζαν πως θα τελείωναν εκεί, την πιο κρίσιμη στιγμή εμφανίστηκε από το πουθενά ο άσπρος αετός. Μόνο που δεν ήταν ήρεμος όπως τις προηγούμενες φορές. Η όψη του ήταν αγριεμένη, το βλέμμα του θολωμένο. Ήρθε με μεγάλη ταχύτητα κι έπεσε με δύναμη πάνω στο μαύρο πουλί που εκτοπίστηκε αρκετά μέτρα παραπέρα χωρίς να προλάβει ν' αντιδράσει. Εξαγριώθηκε! Αυτό ακριβώς ήθελε κι ο άσπρος αετός.

Η μάχη που ακολούθησε ήταν αμείλικτη. Τα φονικά χτυπήματα διαδέχονταν το ένα το άλλο. Τα δυο πουλιά κατέληξαν να στροβιλίζονται στον ουρανό σαν μια άμορφη μάζα. Δεν ξεχώριζε μαύρο ή άσπρο. Ακούγονταν κραξίματα που άλλοτε έκρυβαν πόνο κι άλλοτε απειλή. Στο τέλος ένας θα ήταν ο νικητής κι ένας ο ηττημένος. Και για καλή τους τύχη το θεόρατο μαύρο πουλί μετά από ώρα άρχισε ν' απομακρύνεται. Αποδέχτηκε την ήττα του.

Ο αετός πετούσε με δυσκολία. Το ένα του φτερό είχε πληγωθεί. Τα παιδιά στέκονταν ακόμη ακίνητα στην άκρη του γκρεμού, φυλακισμένα μέσα στο ίδιο τους το σώμα. Ο πρώτος που κατάφερε ν' απεγκλωβιστεί ήταν ο Ανδρέας. Όταν συνειδητοποίησε τι είχε συμβεί έτρεξε στον αετό. Είχε κουρνιάσει δίπλα σ' ένα βράχο. Είχε το φτερό του τεντωμένο. Πονούσε πολύ.

– Αιμορραγείς, είπε ο Ανδρέας. Πες μου, τι να κάνω; Πώς να σε βοηθήσω;

– Δε χρειάζεται να κάνεις τίποτε, τον καθησύχασε ο αετός σφίγγοντας τα μάτια του από τον πόνο.

– Μπορεί να έσπασε. Άσε με να σε βοηθήσω, είπε και κοίταξε πίσω αναζητώντας τη Ναμίμπ και τον Κένεθ. Εξακολουθούσαν να βρίσκονται στο ίδιο σημείο.

– Και να έσπασε, σε λίγο θα είναι όπως πριν. Αρκεί όταν σου πω να το κρατήσεις ψηλά από το έδαφος.

Ο Ανδρέας δεν πολυκατάλαβε. Ήταν ακόμη ζαλισμένος.

– Τι ήταν αυτά τα μαύρα πουλιά;

– Θα σας τα πω όλα, του απάντησε μέσα στη σκέψη του ο αετός. Να, έρχονται και τα παιδιά.

– Τι έγινε; Είναι καλά; Η Ναμίμπ ήταν σαν να είχε μόλις βγει από το σκοτάδι στο φως.

Ο Κένεθ όχι. Το βλέμμα του πετούσε φωτιές. Η οργή αποτυπωνόταν σε κάθε του μορφασμό.

– Τώρα! τους είπε ξαφνικά ο αετός. Κρατήστε το φτερό σε ευθεία με το σώμα μου.

Τα παιδιά έκαναν αυτό που τους είχε ζητήσει. Και τότε συνέβη κάτι μαγικό. Η αιμορραγία σταμάτησε. Η πληγή στέγνωσε κι άρχισε να επουλώνεται σπιθαμή προς σπιθαμή. Τα ποτισμένα με αίμα πούπουλα έπεσαν στο έδαφος και στη θέση τους φύτρωσαν νέα. Μόλις δύο-τρία λεπτά και η ζημιά είχε αποκατασταθεί πλήρως.

«Απίστευτο!» μουρμούρισε ο Κένεθ. «Πώς έγινε αυτό;»

Ο άσπρος αετός σηκώθηκε όρθιος. Άνοιξε διάπλατα τα φτερά του ξαναζωντανεύοντας και το παραμικρό τους νεύρο.

– Χαίρομαι πολύ που σας ξαναβλέπω από κοντά.

Τα παιδιά τα έχασαν! Ο αετός τους μιλούσε και τον άκουγαν.

– Τι γίνεται; Έχω μπερδευτεί, είπε ο Ανδρέας.

– Πού είμαστε τελικά; ρώτησε η Ναμίμπ.

– Και πού χάθηκε η Λίλι; συμπλήρωσε ο Κένεθ δυναμώνοντας την ένταση της φωνής του.

– Ακριβώς αυτό! Τι συνέβη στη Λίλι; επανέλαβε ο Ανδρέας προλαβαίνοντας και τη Ναμίμπ που ήταν έτοιμη να ρωτήσει το ίδιο.

Ο αετός έκανε μερικά βήματα πιο πίσω και έμεινε σιωπηλός όσο τα παιδιά συνέχιζαν να κάνουν τη μία ερώτηση μετά την άλλη. Λίγο αργότερα συνειδητοποίησαν ότι μιλούσαν μόνοι τους. Σταμάτησαν.

– Επιτέλους! Τώρα έχω την προσοχή σας, είπε αυστηρά ο αετός. Ακούστε προσεκτικά αυτά που έχω να σας πω χωρίς να με διακόψετε. Το ασύλληπτο ταξίδι σας έφτασε στον τελευταίο του σταθμό. Μη θεωρήσετε, όμως, ότι θα λύσετε εύκολα τους κόμπους που απέμειναν. Θα προσπαθήσουν να σας εμποδίσουν με κάθε τρόπο. Έχετε πάρει ήδη μια μικρή γεύση. Θα κάνουν τα πάντα για να σας χωρίσουν, να σας κάνουν να λυγίσετε.

– Ποιοι; τον διέκοψε ο Ανδρέας.

–Ο αετός τον αγριοκοίταξε.

– Οι γερανοί. Οι φύλακες του κακού. Οι προστάτες του θεού του πολέμου. Θα προσπαθήσουν να κλέψουν ακόμη και το μυαλό σας. Όταν σας πλησιάσουν κλείστε τ' αφτιά σας και σφραγίστε τα μάτια σας. Πρέπει να διασχίσετε το Μαύρο Δάσος, να φτάσετε στην κορυφή και να κόψετε το πιο δυνατό κλαδί από το μοναδικό δέντρο που φυτρώνει σ' αυτή την πλευρά του όρους. Και όταν περάσετε στη φωτεινή πλευρά να το αφήσετε στην Πηγή της Αλήθειας. Μόνο τότε θα επιστρέψει η αρμονία. Όσο και να κουραστείτε μην ξαποστάστε καθόλου. Και προσοχή! Μην κοιμηθείτε! Αν σας πάρει ο ύπνος, όλα τέλειωσαν. Οι πύλες θα κλείσουν και δε θα μπορέσετε να επιστρέψετε ποτέ ξανά στον κόσμο μου. Κι εγώ θα χαθώ μέσα στο χρόνο.

Το ύφος του Κένεθ σκλήρυνε ακόμη περισσότερο.

– Τώρα, δηλαδή, βρισκόμαστε στην πλευρά του κακού;

– Ναι. Στον κόσμο της μυθολογίας των θεών δεν βασίλευε μόνο ο Δίας. Ένας από τους γιους του, ο Άρης, είχε ιδρύσει το δικό του βασίλειο στην πλευρά του όρους που ο ήλιος ανέτειλε πάντα πίσω από τα σύννεφα. Για αιώνες προε-

τοίμαζε την επίθεση εναντίον του πατέρα του έχοντας τη βο-
ήθεια ενός άλλου θεού, εξίσου δυσαρεστημένου με τον ίδιο
πατέρα, επειδή τον είχε απορρίψει όσο ήταν ακόμη βρέφος.

– Του Ήφαιστου, μουρμούρισε ο Ανδρέας.

– Έτσι η λατρεία του Άρη για τον πόλεμο και την κυριαρ-
χία, συνέχισε ο αετός, ενώθηκε με τη δίψα του Ήφαιστου για
εκδίκηση. Η αρχή είχε γίνει. Η τάξη είχε διασαλευτεί. Τα υπό-
λοιπα τα γνωρίζετε. Αυτή είναι όλη η αλήθεια και έχετε χρέος
να την υπερασπιστείτε. Ο ρόλος μου κάπου εδώ τελειώνει. Εί-
μαι σίγουρος ότι θα τα καταφέρετε.

– Δε γίνεται να τα βάλουμε με τους θεούς. Αυτό είναι
σκέτη τρέλα, είπε η Ναμίμπ.

– Οι θεοί δεν πολεμούν ποτέ οι ίδιοι τους θνητούς. Είναι
απαράβατη αρχή στον κώδικα τιμής τους. Από αλλού να φυ-
λάγεστε. Φεύγω τώρα.

Η Ναμίμπ τον ακολούθησε.

– Φεύγεις και μας αφήνεις τελείως μόνους; Και με τη Λίλι
τι θα γίνει; Δε μπορεί να μην ξέρεις κάτι!

Δεν ήταν ώρα για απαντήσεις. Τη στιγμή που θα εγκατέλει-
πε το έδαφος ο αετός γύρισε προς το μέρος του Ανδρέα και του
ψιθύρισε μέσα στη σκέψη του. «Δεν είστε μόνοι. Θα σας δω
στην άλλη μεριά». Έπειτα χάθηκε μέσα στα γκρίζα σύννεφα.

Ο Κένεθ ξέσπασε άσχημα. Του έφταιγαν όλοι και όλα. Τα
είχε βάλει ακόμη και με τον αετό. Ο Ανδρέας είχε τραβηχτεί
πίσω να τον αφήσει να ξεθυμάνει. Η Ναμίμπ λίγο πιο δίπλα
δεν μπορούσε να κρατήσει τα δάκρυά της. Έκλαιγε με ανα-

φιλητά. Όσα τους είχε πει ο αετός είχαν κάνει φτερά. Η απογοήτευση τούς είχε λυγίσει. Η φωνή της λογικής είχε σωπάσει. Έπρεπε να ξαναβρούν κουράγιο να συνεχίσουν. Πώς θα γινόταν αυτό;

V

– Σηκωθείτε! Δεν πρέπει να μας πάρει ο ύπνος, είπε ο Ανδρέας και πετάχτηκε αλαφιασμένος.

– Μην ανησυχείς, εδώ είμαστε, ακούστηκε η Ναμίμπ που καθόταν μαζί με τον Κένεθ λίγο πιο δίπλα πάνω σε μια μεγάλη πέτρα.

– Όλα εντάξει; τους ρώτησε καθώς έτριβε τον αυχένα του για να ξεπιαστεί.

– Εμείς είμαστε μια χαρά. Εσύ κόντεψες να κοιμηθείς.

Ο Ανδρέας τίναξε τα ρούχα του και πήγε κοντά τους.

– Αλήθεια; Ούτε που το κατάλαβα.

Κοίταξε τον Κένεθ που καθόταν σιωπηλός. Φαινόταν πιο ήρεμος. Η έκφραση του προσώπου του είχε γαληνέψει. Το βλέμμα του, όμως, έκρυβε ακόμη πολύ θυμό. Τα μάτια της Ναμίμπ ήταν κόκκινα από τα δάκρυα και τη σκόνη. Ο Ανδρέας τής έδωσε το χέρι του και την τράβηξε να σηκωθεί. Φόρεσαν τα σακίδιά τους.

– Κενεθ, πάμε; τον ρώτησε η Ναμίμπ. Άντε, σήκω.

Δεν την άκουσε. Η Ναμίμπ στάθηκε μπροστά του και τον ξαναρώτησε.

Ο Κένεθ ξαφνιάστηκε.

137

– Τι είπες;

– Σου μιλάω, δεν ακούς;

– Άκουσα!

Σηκώθηκε μηχανικά, άρπαξε το σακίδιό του από το λουρί που είχε κοπεί και βάδισε προς το μέρος τους με το κεφάλι σκυμμένο στο έδαφος.

– Μα τι σκέφτεσαι επιτέλους;

Ο Κένεθ τους προσπέρασε μουρμουρίζοντας.

– Να δείτε που έτσι έγινε. Την πήρε ο ύπνος! Δεν εξηγείται αλλιώς.

– Καλύτερα αυτό παρά κάτι άλλο, είπε ο Ανδρέας.

Ο Κένεθ κοντοστάθηκε.

– Ναι, αλλά αν κοιμήθηκε δε θα μπορέσει να ξαναγυρίσει. Και το έλεγε, θυμάστε; Είχε κακό προαίσθημα. Αλλά και πάλι, πότε κοιμήθηκε; Την ώρα που περπατούσε;

– Ό,τι και να λέμε δεν έχει καμία σημασία. Πρέπει να προχωρήσουμε. Και η ίδια αυτό θα έκανε. Έλα, πάμε, είπε η Ναμίμπ και τον έπιασε από το μπράτσο.

– Της είχα υποσχεθεί πως δεν θα άφηνα κανέναν να την πειράξει. Αυτό είναι που με τρελαίνει περισσότερο.

Τα παιδιά ακολούθησαν το μονοπάτι που τους είχε πει ο αετός ότι θα τους οδηγούσε στο μαύρο δάσος. Άραγε τι θα συναντούσαν εκεί; Βάδιζαν ο ένας πίσω από τον άλλο δίχως ν' ανταλλάσσουν κουβέντες. Ο καθένας κρατούσε τις σκέψεις του για τον εαυτό του. Η απόσταση που είχαν να διανύσουν ήταν μεγάλη και η ανηφόρα κουραστική. Περιθώρια για ξεκούραση δεν υπήρχαν. Εάν το έκαναν κινδύνευαν να κοιμηθούν. Και ήταν πολύ εύκολο να τους πάρει ο ύπνος. Οι συνθήκες ήταν ιδανικές. Είχε ομίχλη. Απέραντη ησυχία. Το μόνο που ακουγόταν ήταν οι ανάσες τους και ο μακρινός ήχος από το κύμα που έπεφτε με δύναμη και στη στιγμή ξαναγεννιόταν μέσα από τα αφρισμένα νερά.

– Δε μου αρέσει καθόλου αυτή η σιωπή, είπε ο Ανδρέας. Πάντα γίνεται κάτι άσχημο.

Λες και το ήξερε. Την αμέσως επόμενη στιγμή εκατοντάδες ψίθυροι αντηχούσαν μέσα στη σκέψη του. Φώναζαν τ' όνομά του κι επαναλάμβαναν συνέχεια την ίδια φράση.

«Το Μαύρο Δάσος σαν θα δεις, το φως του ήλιου θ' αρνηθείς. Ανδρέααα, Ανδρέαααα.. Το Μαύρο Δάσος σαν θα δεις, το φως του ήλιου θ' αρνηθείς..»

Οι ψίθυροι ακολουθούσαν τα βήματά του. Τους άκουγε να σέρνονται από πίσω του. Έπρεπε να τους αγνοήσει μα αυτοί πλήθαιναν. Έπρεπε ν' αντισταθεί με κάθε τρόπο. Τα λόγια του αετού επαληθεύονταν. Προσπαθούσαν να μπερδέψουν το μυαλό του. Ήθελαν να τον φοβίσουν, να τον κάνουν να τα παρατήσει. Δεν θα τους περνούσε. Θα έφτανε πάση θυσία ως το τέλος, ως τη φωτεινή πλευρά. Τα ουρλιαχτά της Ναμίμπ τον επανέφεραν άτσαλα στην πραγματικότητα.

– Όχιιι... Όχιιι.... Όχι πάλι!

Η Ναμίμπ είχε σωριαστεί στο έδαφος. Έκλαιγε, ούρλιαζε. Ήταν εκτός εαυτού.

Έτρεξε και την σήκωσε όρθια. Την κράτησε από τους ώμους. Τα πόδια της λύγισαν. Του γλιστρούσε. Τότε την άρπαξε με το ένα χέρι σφιχτά από τη μέση και με το άλλο ακινητοποίησε το πρόσωπό της μπροστά στο δικό του.

– Ναμίμπ, εδώ! Κοίταξέ με! Σου μιλάω! Είμαι εδώ, κοίταξέ με! τής έλεγε ξανά και ξανά κοιτώντας την μέσα στα μάτια.

– Ο Κένεθ! κατάφερε να ψελλίσει η Ναμίμπ.

Ο Ανδρέας πάγωσε. Η ιστορία επαναλαμβάνεται. Ο Κένεθ είχε εξαφανιστεί.

– Έλα, κορίτσι μου, της είπε. Μη το βάζεις κάτω. Είσαι δυνατή.

Η Ναμίμπ ήταν γαντζωμένη πάνω του. Το κεφάλι της έγερνε στον ώμο του. Τα μάτια της έκλειναν.

– Όχι, μη μου κοιμηθείς τώρα! Ναμίμπ, κοίταξέ με!

Την ταρακούνησε για να συνέλθει. Της σκούπισε τα δάκρυα.

Η Ναμίμπ σήκωσε επιτέλους τα μάτια της και τον κοίταξε. Μέσα τους καθρεφτιζόταν η απόγνωση που είχε φωλιάσει στην καρδιά της.

– Πρώτα η Λίλι, μετά ο Κένεθ. Η επόμενη είμαι εγώ!

– Δεν θα υπάρξει επόμενος! Θα προχωράμε μαζί και θα σε κρατάω συνέχεια. Μαζί θα βγούμε στη φωτεινή πλευρά.

– Πώς το ξέρεις;

– Απλά το ξέρω. Μου έχεις εμπιστοσύνη;

– Σου έχω.

140

Έτσι ξεκίνησαν και πάλι. Οι δύο τους αυτοί τη φορά. Ο Ανδρέας ήταν σίγουρος ότι θα τα κατάφερναν. Έπρεπε να τα καταφέρουν. Αλλιώς δεν θα είχε κανένα νόημα.

VI

Περπατούσαν στην άκρη του γκρεμού. Το είχαν συνηθίσει πια.

– Συγνώμη, είπε η Ναμίμπ. Δεν ήμουν εγώ. Δεν ξέρω τι μ' έπιασε. Έχεις κι εμένα στο κεφάλι σου.

– Ούτε συγνώμες, ούτε τίποτα! Είπαμε, θα βγούμε μαζί στη φωτεινή πλευρά.

– Αν δεν ήσουν εσύ μπορεί να είχαν πάρει κι εμένα.

Ο Ανδρέας στύλωσε τα πόδια του στο έδαφος. Μικρές πέτρες πετάχτηκαν μπροστά κι άλλες έπεσαν στο κενό.

– Μην το ξαναπείς αυτό! Αν είναι να πάρουν κάποιον, αυτός είμαι εγώ. Δεν πρόκειται να σε αφήσω στιγμή από κοντά μου. Το βλέπεις; τη ρώτησε σηκώνοντας το χέρι του και σφίγγοντας ακόμη πιο πολύ την παλάμη της μέσα στη δική του.

– Κι αν χάσω τον εαυτό μου; Δες πώς έχω γίνει. Μια φοβητσιάρα.

– Δεν θα τους περάσει. Δεν θα τα καταφέρουν.

– Να καταφέρουν τι;

– Να τα παρατήσουμε. Το χρωστάμε στη Λίλι και στον Κένεθ.

– Αν μας αφήσουν! Κοίτα, του είπε χαμηλόφωνα δείχνοντας με το χέρι της απέναντι.

Ένα τεράστιο, πυκνό, μαύρο σύννεφο φαινόταν στον ορίζοντα. Ή μήπως δεν ήταν σύννεφο;

– Άκου! Πετούν!

– Όχι πάλι!

Ένα μεγάλο σμήνος από εκείνα τα μαύρα πουλιά με τα πελώρια φτερά και την ανατριχιαστική όψη πετούσε κατά πάνω τους.

–Τρέξε! φώναξε ο Ανδρέας και την τράβηξε από το χέρι. Μην κοιτάς πίσω σου, μόνο μπροστά.

Έτρεχαν όσο πιο γρήγορα μπορούσαν. Έψαχναν κάπου να κρυφτούν. Δεν έπρεπε να τους δουν. Το μονοπάτι δεν πήγαινε ευθεία. Σε μια απότομη στροφή ο Ανδρέας φρέναρε την τελευταία στιγμή πάνω στις πέτρες. Σηκώθηκε σκόνη. Λίγο ακόμη και θα είχε πέσει παρασύροντας μαζί του και τη Ναμίμπ.

Οι γερανοί είχαν ήδη φτάσει πολύ κοντά. Δεν τους έμενε πλέον τίποτε άλλο. Έκατσαν κάτω. Έγειρε ο ένας στον ώμο του άλλου κι έκλεισαν τα μάτια και τ' αφτιά τους. Μόνο έτσι θα ήταν ασφαλείς. Το θέμα ήταν πόσο θα επέμεναν οι μαύροι γερανοί. Και για κακή τους τύχη ήταν πολύ επίμονοι. Για ώρα πετούσαν πάνω από τα κεφάλια τους. Όπως οι γύπες πετούν κυκλικά πάνω από το τραυματισμένο ζώο περιμένοντας υπομονετικά να ξεψυχήσει για να χορτάσουν την πείνα τους, έτσι και οι γερανοί πήγαιναν κι έρχονταν στο μουντό ουρανό καιροφυλακτώντας για ένα στιγμιαίο λάθος των παιδιών. Δεν έμελε, όμως, να πάρουν αυτή την ικανοποίηση. Τα παιδιά δεν είχαν σκοπό να παραδοθούν.

Η Ναμίμπ είχε αδειάσει το μυαλό της κρατώντας ζωντανή την ανάμνηση της γιαγιάς της. Κι ο Ανδρέας είχε κλειδώσει όλες του τις σκέψεις καθιστώντας το μυαλό του απόρθητο φρούριο.

Λίγο μετά άρχισε ν' απαγγέλλει όσο πιο δυνατά μπορούσε τους στίχους με τους οποίους είχε ξεκινήσει όλη αυτή η περιπέτεια.

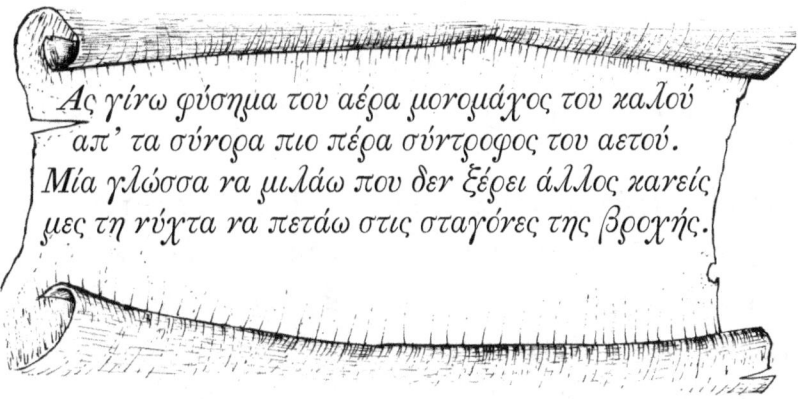

Ας γίνω φύσημα του αέρα μονομάχος του καλού
απ' τα σύνορα πιο πέρα σύντροφος του αετού.
Μία γλώσσα να μιλάω που δεν ξέρει άλλος κανείς
μες τη νύχτα να πετάω στις σταγόνες της βροχής.

Τη δεύτερη φορά τον συνόδεψε και η Ναμίμπ. Την τρίτη φορά σηκώθηκε δυνατός αέρας που ταξίδεψε τις φωνές των παιδιών μέχρι τη φωτεινή πλευρά του όρους. Ούτε και τότε σταμάτησαν. Έλεγαν τους στίχους ξανά και ξανά, τέταρτη φορά και πέμπτη ώσπου ο αέρας δυνάμωσε τόσο που ακόμη και το βουνό έμοιαζε απροστάτευτο στην ορμή του. Οι μαύροι γερανοί δεν μπορούσαν να ελέγξουν το πέταγμά τους. Στροβιλίζονταν στον ουρανό. Δεν μπορούσαν πια να απειλήσουν κανέναν. Στο τέλος αποδέχτηκαν την ήττα τους για ακόμη μία φορά και χάθηκαν στον ορίζοντα.

Όταν ο Ανδρέας και η Ναμίμπ άνοιξαν τα μάτια τους όλα είχαν σωπάσει. Ξάπλωσαν στο χώμα αποκαμωμένοι. Βρίσκονταν ακόμη στην αφιλόξενη σκοτεινή πλευρά αλλά δεν ήταν μόνοι τους. Μια μυστική δύναμη τους πρόσεχε, τους προστάτευε. Πέρα μακριά οι γερανοί μόλις που αχνοφαίνονταν σαν μικροσκοπικές μαύρες κουκίδες.

VII

Είχαν περάσει δύο ώρες. Είχαν εξαντληθεί. Η Ναμίμπ κρατούσε σφιχτά το χέρι του Ανδρέα. Στηριζόταν πάνω του.

– Δεν αντέχω άλλο. Ας κάτσουμε λίγο. Για πέντε λεπτά.

– Δε γίνεται. Αν κάτσουμε θα κοιμηθούμε. Πιες λίγο νερό.

– Αν ήταν εδώ η Λίλι θα ανακάτευε τα βότανά της και όλο και κάτι δυναμωτικό θα μας ετοίμαζε να πιούμε.

– Όταν τη συναντήσουμε να είσαι σίγουρη ότι θα της το ζητήσω πρώτος.

– Ωραία που θα ήταν. Να ξαναβρισκόμασταν όλοι μαζί.

– Μιλάς σαν να έχουν τελειώσει όλα. Μπορεί να μας περιμένουν κάπου παρακάτω.

– Δεν τους βγάζω λεπτό απ' το μυαλό μου.

– Για στάσου.. τη διέκοψε ο Ανδρέας. Τι είναι αυτό;

Το μονοπάτι δε συνέχιζε άλλο. Ένας τεράστιος βράχος τους έκλεινε το δρόμο. Δεν υπήρχε άλλη διέξοδος. Η πρώτη σκέψη που του πέρασε από το μυαλό ήταν μήπως είχαν χάσει κάποια στροφή και πήραν λάθος κατεύθυνση. Από την άλλη ήταν σίγουρος ότι δεν τους είχε ξεφύγει τίποτε. Κάτι άλλο συνέβαινε. Η Ναμίμπ θεώρησε πως όλο αυτό ήταν μια καλοστημένη παγίδα και πως σε λίγο θα εμφανίζονταν και πάλι οι μαύροι γερανοί. Δεν υπήρχε εξήγηση.

Έκαναν να γυρίσουν πίσω. Ένας ακόμη τεράστιος βράχος τους έφραζε το δρόμο κι από την άλλη μεριά. Από 'κει που είχαν έρθει. Πώς ήταν δυνατόν; Δεν υπήρχε πλέον δρόμος διαφυγής. Ήταν εγκλωβισμένοι!

– Αποκλείεται να είναι αλήθεια. Κάποιος παίζει με το μυαλό μας. Προσπαθούν να μας τρελάνουν! είπε ο Ανδρέας σφίγγοντας τα χείλη του στην προσπάθειά του να φανεί ψύχραιμος.

– Κοντεύουν, είπε με δυσκολία η Ναμίμπ κατεβάζοντας το κεφάλι της απογοητευμένη.

– Τι θέλεις να πεις;

Η Ναμίμπ έκανε ένα βήμα πίσω.

– Εγώ πλέον δεν μπορώ να νιώσω τίποτε. Δεν ακούω τίποτε. Τα σημάδια έχουν σωπάσει. Τα έχω χάσει όλα. Είμαι κενή!

Ο Ανδρέας δεν ήξερε τι να απαντήσει. Την καθησύχασε λέγοντάς της πως θα ήταν κάτι παροδικό.

Η Ναμίμπ δεν έδειχνε να το πιστεύει.

– Κι τώρα τι θα κάνουμε; Θα κάτσουμε και θα περιμένουμε;

Ο Ανδρέας δεν την άκουσε. Κοιτούσε επίμονα τον τεράστιο βράχο.

– Τι είναι; τον ρώτησε.

– Σςςςς.. Να το πάλι!

Οι ψίθυροι ξεπήδησαν από το πουθενά επαναλαμβάνοντας τα ίδια λόγια.

«Το Μαύρο Δάσος σαν θα δεις, το φως του ήλιου θ' αρνηθείς..»

Η Ναμίμπ τον πλησίασε αλλά ο Ανδρέας άπλωσε το χέρι του και την κράτησε πίσω. Στάθηκε μπροστά στον βράχο. Ο λαιμός του είχε στεγνώσει. Ένιωθε ένα κόμπο να τον πνίγει. Ξεροκατάπιε. Τον ακούμπησε με τα δάχτυλά του. Οι υποψίες του επιβεβαιώθηκαν. Η επιφάνειά του δεν ήταν στερεή. Κουνήθηκε όπως όταν ρίχνεις μια πέτρα στη θάλασσα και το νερό κυματίζει.

Ο Ανδρέας γύρισε προς το μέρος της Ναμίμπ. Της χαμογέλασε και της έκλεισε το μάτι. Η Ναμίμπ κατάλαβε.

Ο πελώριος βράχος που ορθωνόταν μπροστά τους δεν ήταν το τέλος της διαδρομής τους. Ήταν απλά μια πύλη. Ένα μυστικό πέρασμα που θα τους έβγαζε παρακάτω.

Δεν καθυστέρησαν καθόλου. Πιάστηκαν χέρι-χέρι, πήραν μια βαθιά ανάσα και κρατώντας την αναπνοή τους πέρασαν από μέσα.

Η απειλή

I

Το Μαύρο Δάσος! Απλωνόταν απέραντο, ως εκεί που έφτανε το μάτι. Κανένα ίχνος ζωής. Τα δέντρα έστεκαν γυμνά, άψυχα σαν σκιάχτρα στη μέση του πουθενά.

Ο Ανδρέας κι η Ναμίμπ προχωρούσαν πάνω σε χοντρούς καρβουνιασμένους κορμούς. Ό,τι πατούσαν γινόταν σκόνη. Παραμέριζαν ξερά κλαδιά για ν' ανοίξουν δρόμο. Ένα από αυτά έσπασε κι έσκισε το μπράτσο του Ανδρέα. Μάτωσε. Η Ναμίμπ ξέπλυνε την πληγή με νερό και την τύλιξε με μια αυτοσχέδια γάζα από χαρτομάντιλα. Συνέχισαν. Εξαντλημένοι, πεινασμένοι, νυσταγμένοι.

Λίγο παρακάτω εκατοντάδες ψίθυροι ξαναπετάχτηκαν μέσα από το βουβό δάσος.

«Ανδρέαααααα ... »

Η Ναμίμπ σταμάτησε.

– Τους ακούω κι εγώ!

«Εδώωω.. Έλααα..» Οι ψίθυροι ήταν αργόσυρτοι.

– Πού; ρώτησε ο Ανδρέας αναστατωμένος.

– Έλα να με βρεις. Σε περιμένωωωω..

– Ποιος είσαι επιτέλους; Πού είσαι;

– Ίσια.. Λάμπω μέσα στο σκοτάδι, αποκρίθηκαν οι ψίθυ-ροι. Ανάμεσά τους ξεχώρισε μια λεπτή, αέρινη φωνή. Τους ήταν τόσο γνωστή.

Είχε νυχτώσει. Το ολόγιομο φεγγάρι τρύπωνε μέσα από τις μικροσκοπικές χαραμάδες που άφηναν τα άψυχα κλαδιά των δέντρων. Το φως που περνούσε ήταν λιγοστό. Βάδιζαν στα τυφλά.

– Ανδρέα, φοβάμαι, ψιθύρισε η Ναμίμπ.

Ο Ανδρέας έσφιξε ακόμη πιο δυνατά το χέρι της.

– Πρόσεξες το γεράκι που πέταξε πάνω από τα κεφάλια μας όταν μας είχε σκεπάσει το κύμα;

– Όχι. Ποιο γεράκι;

– Την τελευταία στιγμή πρόλαβε και μπήκε κάτω από το κύμα. Πέταξε σαν αστραπή στην απέναντι πλευρά.

– Ήταν αυτό από τη σπηλιά;

– Έτσι νομίζω.

– Μακάρι, ευχήθηκε η Ναμίμπ και κοκάλωσε. Η παλάμη της γλίστρησε μέσα από τα δάχτυλα του Ανδρέα.

– Τι έπαθες; τη ρώτησε.

Τον κοιτούσε μέσα στα μάτια έντρομη. Της είχε κοπεί η μιλιά. Τού έκανε νόημα να έρθει κοντά για να του πει.

– Κάποιος μας ακολουθεί! Είδα σκιές, του ψιθύρισε στο αφτί.

Ο Ανδρέας δεν είχε δει τίποτε.

– Το φεγγάρι είναι, που πέφτει πάνω στα κλαδιά, την καθησύχασε. Έλα, πάμε.

Η Ναμίμπ, όμως, είχε δίκιο. Τα δέντρα που άφηναν πίσω τους ζωντάνευαν. Τα κλαδιά τους κινούνταν αθόρυβα σαν πελώρια χέρια. Απλώνονταν για να τους πιάσουν. Τα είδε κι ο Ανδρέας με την άκρη του ματιού του.

– Δε συμβαίνει στην πραγματικότητα. Παίζουν με το μυαλό μας, της ψιθύρισε. Μην κοιτάς πίσω, μόνο μπροστά.

Περπατούσαν μέσα στο σκοτάδι. Οι σκιές πατούσαν πάνω στα βήματά τους. Ακουγόταν η παγωμένη τους ανάσα. Τα ξύλινα δάχτυλα τούς σκουντούσαν, τους σήκωναν τα μαλλιά. Πώς είναι δυνατόν όλα αυτά να ήταν παιχνίδια του μυαλού;

Άρχισαν να σιγοψιθυρίζουν ξανά τους στίχους του αετού. Έτσι δεν ένιωθαν μόνοι. Κι όπως πριν με τους μαύρους γερανούς έτσι και τώρα μια αόρατη δύναμη τους έλεγε να συνεχίσουν. Ώσπου ανάμεσα στους κορμούς των δέντρων φάνηκε μια λάμψη που τους καλούσε να πάνε κοντά της.

II

Πλησίασαν μια ανάσα. Παραμέρισαν με προσοχή τα ξερά κλαδιά. Και τότε αποκαλύφθηκε. Η λάμψη ήταν εκεί. Εκτυφλωτική, έφτανε ως τον ουρανό. Η Ναμίμπ τη μια έβλεπε καθαρά ένα πρόσωπο μέσα στη σκέψη της και την άλλη το πρόσωπο ξεθώριαζε, χανόταν. Πόσο θα ήθελε να νιώσει και πάλι. Να ερχόταν ένα σημάδι και να το διάβαζε. Να μην αμφέβαλε πια. Να ήταν σίγουρη.

Η κοπέλα, αέρινη και όμορφη, καθόταν σ' ένα μεγάλο κορμό που είχε γύρει στο έδαφος από το βάρος. Το άσπρο της φόρεμα άστραφτε μέσα στο σκοτάδι. Τα μάτια της λαμπύριζαν σαν πολύτιμα πετράδια. Τους καλωσόρισε μ' ένα νεύμα.

Ο Ανδρέας τής χαμογέλασε.

— Χαιρόμαστε πολύ που σε ξαναβλέπουμε. Τότε είχες φύγει τόσο ξαφνικά.

— Έτσι έπρεπε, δικαιολογήθηκε η κοπέλα.

— Μπορείς να μας βοηθήσεις; Ψάχνουμε για το..

— Το Κλαδί της Δικαιοσύνης, τον πρόλαβε.

— Ναι. Κι όχι μόνο αυτό. Έχουν γίνει πολλά. Εξαφανίστηκαν οι φίλοι μας κι εμείς μάλλον έχουμε χαθεί.

— Ο δρόμος που έχετε πάρει είναι λάθος. Δεν έπρεπε να είχατε έρθει εδώ. Οι φίλοι σας σάς χρειάζονται.

— Πού βρίσκονται; Δεν είναι αυτό το Μαύρο Δάσος;

— Αν δεν είναι αυτό το Μαύρο Δάσος, τότε ποιο είναι; απάντησε με αινιγματικό ύφος η κοπέλα. Πρέπει να φύγετε από 'δω αμέσως! Κινδυνεύετε! Και κινδυνεύουν κι οι φίλοι σας!

— Μα ο αετός..

Η κοπέλα έκανε μια απροσδιόριστη γκριμάτσα. Τον κοίταξε με βλέμμα παγωμένο.

— Είσαι σίγουρος ότι ήταν πράγματι ο αετός;

Ο Ανδρέας δεν απάντησε. Μονάχα έκανε ένα βήμα πίσω.

Η Ναμίμπ δεν άντεξε. Πετάχτηκε μπροστά της.

–Ήταν σίγουρα ο αετός κι εμείς βρισκόμαστε στο σωστό μέρος. Εσύ να μας πεις ποια είσαι!

– Ναμίμπ τι κάνεις; τής φώναξε ο Ανδρέας.

– Ξέρω πολύ καλά τι κάνω, του απάντησε βιαστικά και ξαναστράφηκε προς την κοπέλα. Δεν είσαι αυτή που φαίνεσαι. Δε μας ξεγελάς!

Τα πάντα μαύρισαν! Το φεγγάρι έχασε το φώς του!

– Ποια νομίζεις πως είσαι; ακούστηκε μια βραχνή, απόμακρη φωνή.

– Εσύ, ποιος είσαι; ρώτησε η Ναμίμπ.

Η κοπέλα σηκώθηκε από τον κορμό κι άρχισε να αιωρείται πάνω από το έδαφος. Το λευκό της φόρεμα έγινε μαύρο. Τα λαμπερά της μάτια έσβησαν. Τα χείλη της μελάνιασαν. Η έκφραση του προσώπου της έγινε απόκοσμη.

– Σας προειδοποιώ, είπε απλώνοντας τα χέρια της απειλητικά προς το μέρος τους. Φύγετε τώρα αλλιώς δε θα τους ξαναδείτε.

Ο Ανδρέας όρμησε κατά πάνω της. Δεν καταλάβαινε ούτε από φόβο ούτε από τίποτα.

– Μην τα βάζεις μαζί μου. Θα το μετανιώσεις!

– Ποιος είσαι; Πού τους έχεις; τη ρώτησε.

– Εγκλωβίστηκαν ανάμεσα στους δύο κόσμους. Σας φωνάζουν να τους βοηθήσετε αλλά εσείς δεν τους ακούτε.

152

– Ανδρέα, μην την πιστεύεις, φώναξε η Ναμίμπ.

– Δεν ξέρετε τι σας περιμένει! Φύγετε τώραααα...

Η φωνή της ακουγόταν σαν να ερχόταν από το υπερπέραν. Το μαύρο της φόρεμα ανέμιζε στον αέρα και η άγνωστη μορφή εξαφανίστηκε μέσα σ' ένα μαύρο σύννεφο καπνού. Καθώς το σύννεφο διαλυόταν οι ψίθυροι αντήχησαν και πάλι μέσα στη σκέψη του Ανδρέα.

«Το Μαύρο Δάσος σαν θα δεις, το φως του ήλιου θ' αρνηθείς..»

Οι δύο φίλοι έστεκαν αποσβολωμένοι. Δεν ήθελαν να τα παρατήσουν αλλά αν χρειαζόταν θα το έκαναν. Για την Λίλι και τον Κένεθ. Κάθισαν στον ίδιο κορμό σιωπηλοί. Δεν είχαν κουράγιο για συζητήσεις. Έπρεπε να πάρουν μια απόφαση. Και μάλιστα πολύ γρήγορα.

III

Είχε περάσει αρκετή ώρα. Βρίσκονταν ακόμη στο ίδιο σημείο. Από τον άγρυπνο λήθαργο στον οποίο είχαν βυθιστεί τους ξύπνησε μια πολύ χαρακτηριστική γνώριμη μυρωδιά. Ο Ανδρέας με γρήγορες κινήσεις έβγαλε από τον ώμο του τον ξύλινο κύλινδρο. Ακούστηκε το «κλικ» και τα δύο τοιχώματα χώρισαν μεταξύ τους. Η ζεστή μυρωδιά του πεύκου ξεχύθηκε ολόγυρα κι έκανε για μια στιγμή το μέρος να μοιάζει φιλικό. Τα χρυσά γράμματα χόρεψαν πάνω στην υγρή επιφάνεια του πάπυρου μεταφέροντας το παρακάτω μήνυμα..

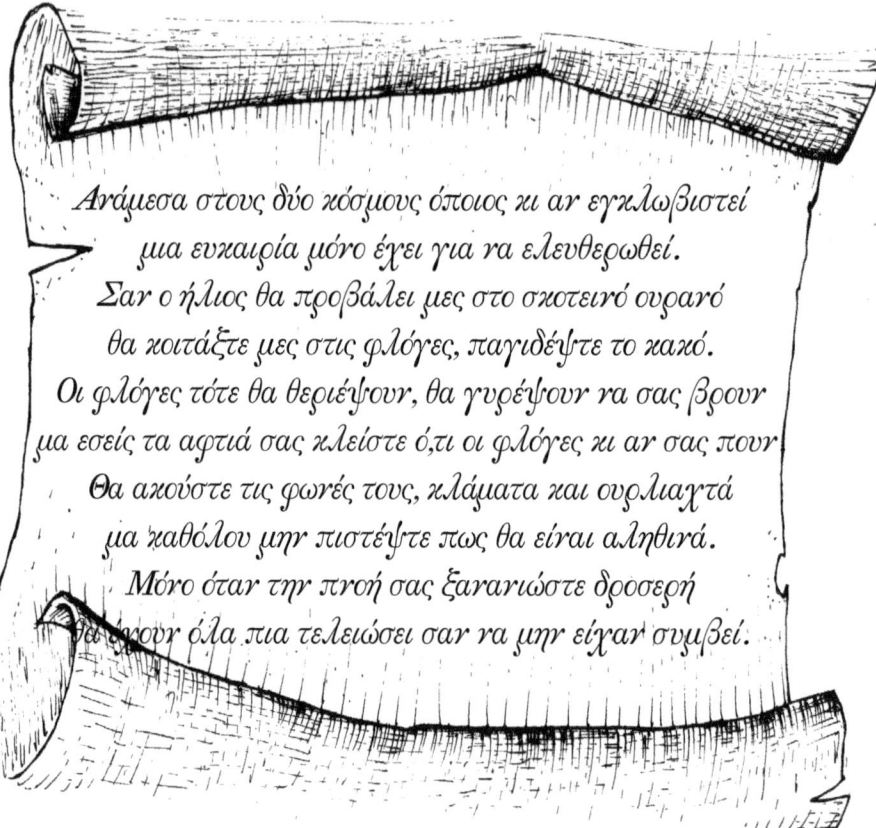

Ανάμεσα στους δύο κόσμους όποιος κι αν εγκλωβιστεί
μια ευκαιρία μόνο έχει για να ελευθερωθεί.
Σαν ο ήλιος θα προβάλει μες στο σκοτεινό ουρανό
θα κοιτάξτε μες στις φλόγες, παγιδέψτε το κακό.
Οι φλόγες τότε θα θεριέψουν, θα γυρέψουν να σας βρουν
μα εσείς τα αφτιά σας κλείστε ό,τι οι φλόγες κι αν σας πουν.
Θα ακούστε τις φωνές τους, κλάματα και ουρλιαχτά
μα καθόλου μην πιστέψτε πως θα είναι αληθινά.
Μόνο όταν την πνοή σας ξανανιώστε δροσερή
θα 'χουν όλα πια τελειώσει σαν να μην είχαν συμβεί.

Ένιωσαν ένα βάρος να φεύγει από πάνω τους. Οι ελπίδες τους αναπτερώθηκαν. Πάνω που νόμιζαν πως όλα θα τελείωναν εκεί. Τουλάχιστον ήξεραν ποιο θα ήταν το επόμενό τους βήμα. Και ότι και να γινόταν ήταν αποφασισμένοι να φέρουν πίσω τη Λίλι και τον Κένεθ. Πόσο τούς είχαν λείψει! Η Λίλι που φοβόταν ακόμη και τη σκιά της αλλά ήταν η κρυφή δύναμη της ομάδας. Και ο Κένεθ που είχε δύναμη όσο δέκα άνθρωποι μαζί και μια καρδιά που τους χωρούσε όλους.

Θα συνέχιζαν δίχως βιασύνη. Η νύστα που τους βασάνιζε τις προηγούμενες ώρες είχε δώσει τη θέση της σε μια αχόρταγη δίψα για περιπέτεια. Έψαξαν μέσα στα πυκνά κλαδιά για ένα σημείο που θα μπορούσαν να βλέπουν τον ουρανό. Ανυπομονούσαν να δουν μια μικρή αχτίδα του ήλιου. Και για πρώτη φορά το Μαύρο Δάσος δεν τους χάλασε χατίρι.

Σ' ένα σημείο στον ουρανό, το πιο απόμερο χωρίς αστέρια και μακρινούς γαλαξίες να το συντροφεύουν, ξεπρόβαλε μια σκιά διαφορετική από τις άλλες. Ολοστρόγγυλη, βυθισμένη στο σκοτάδι, μ' ένα χρυσαφένιο περίγραμμα σαν να έκαιγε μια φλόγα από πίσω της. Ο ήλιος! Τα παιδιά τον είδαν μέσα από τα καμένα κλαδιά. Δεν έπρεπε να τον αφήσουν από τα μάτια τους. Μια ευκαιρία θα είχαν και καμία άλλη. Προχωρούσαν με το βλέμμα τους καρφωμένο πάνω του περιμένοντας την κατάλληλη στιγμή.

Όσο περνούσε η ώρα ο ήλιος πάλευε να διώξει το θολό πέπλο από πάνω του ενώ το φεγγάρι ξαναγεννιόταν φλούδα-φλούδα από την αρχή. Λες και ανταγωνίζονταν ποιο από τα δύο θα σκέπαζε το άλλο με το φως του. Και τότε ξαφνικά συνέβη. Η νύχτα έγινε μέρα! Το φεγγάρι έσβησε πάλι όπως σβήνει το κερί στο δυνατό αέρα κι ο ήλιος ελεύθερος πια έριξε τις ακτίνες του παντού. Το μαύρο δάσος λούστηκε στο φως και αποκαλύφθηκε η αποκρουστική του ασχήμια σε όλο της το μεγαλείο. Ο Ανδρέας και η Ναμίμπ σήκωσαν τα μάτια τους ψηλά, όπως έλεγε το μήνυμα. Δεν μπόρεσαν να τα κρατήσουν ανοιχτά. Η έντονη λάμψη τους τύφλωσε. Ο ουρανός καιγόταν! Τεράστιες φλόγες ξεπετάγονταν από παντού. Οι πύρινες γλώσσες τους έφταναν ως τη γη και τύλιξαν στις φλόγες το δάσος απ άκρη σ' άκρη.

Έκλεισαν τα μάτια τους κι έμειναν εκεί ασάλευτοι. Η σκέψη τους ήταν στην Λίλι και τον Κένεθ. Ο αέρας στροβιλιζόταν καυτός. Τούς καψάλιζε το πρόσωπο. Η ανάσα τους τούς έκαιγε το λαιμό. Και μέσα σ' αυτό το χαλασμό οι ψίθυροι ακούστηκαν και πάλι.

«Το Μαύρο Δάσος σαν θα δεις, το φως του ήλιου θ' αρνηθείς. Ανδρέααααα...»

Όσο συνέχιζαν ν' ακούγονται η χροιά τους άλλαξε και γινόταν πιο λεπτή και πιο γλυκιά. Στο τέλος ο Ανδρέας ήταν σίγουρος ότι άκουγε τη Λίλι να φωνάζει το όνομά του.

– Ανδρέαααααααααααααα...

– Την ακούω κι εγώ! φώναξε η Ναμίμπ. Είναι η Λίλι!

– Ναμίμπ, βοήθειααααα.. Καίγομαι! ακούστηκε ξανά η ίδια φωνή.

Η Ναμίμπ πήγε ν΄αποτραβηχτεί. Ο Ανδρέας δεν την άφησε.

– Θυμήσου τα λόγια. Δεν είναι αλήθεια. Δεν είναι η Λίλι!

– Το ξέρω, είπε η Ναμίμπ θλιμμένη. Κράτα με. Μη με αφήσεις να φύγω.

– Ναμίμπ, μη μ' αφήνεις! Σε παρακαλώωωω...» την ικέτευε η φωνή μέσα από αναφιλητά.

Τα γόνατα της Ναμίμπ λύγισαν κι έκατσε κάτω στο καμένο έδαφος. Ήθελε τόσο πολύ να τρέξει κοντά της. Ο Ανδρέας την κρατούσε σφιχτά. Για μια στιγμή τού πέρασε από το νου να ανοίξει τα μάτια του, να δει τι γινόταν. Ευτυχώς δεν το έκανε. Όλα γύρω τους γίνονταν στάχτη. Μονάχα τους δυο τους δε ζύγωναν οι φλόγες. Σαν να τους προστάτευε μια αόρατη ασπίδα. Αρκετά μέτρα πάνω από τα κεφάλια τους πετούσαν, χωρίς να καίγονται, δεκάδες μαύροι γερανοί. Παραφύλαγαν. Η λεία τους ήταν η σκέψη των παιδιών.

Οι ψίθυροι άλλοτε σώπαιναν κι άλλοτε τρύπωναν πάλι στην κουρασμένη πια σκέψη του Ανδρέα. Τα κλάματα της Λίλι, τα παρακαλητά της, το κάλεσμα σε βοήθεια από τη φωνή του Κένεθ, που ακουγόταν όλο και πιο συχνά, προσπαθούσαν να σπάσουν το ηθικό τους. Για πόσο ακόμη θα άντεχαν;

IV

Πόση ώρα είχε περάσει; Λίγα λεπτά; Μερικές ώρες; Δεν ήξεραν. Ο χρόνος είχε παγώσει. Η καυτή αύρα από τις φλόγες που έκαναν την ατμόσφαιρα αποπνικτική είχαν εξαφανιστεί. Τα πρόσωπά τους δεν έκαιγαν πια. Η αναπνοή τους ήταν πάλι δροσερή. Μπορούσαν ν' ανοίξουν τα μάτια τους. Η πιο τρελή τους επιθυμία ήταν ν' αντικρίσουν τον Κένεθ και τη Λίλι. Ήξεραν, όμως, ότι δε θα ήταν τόσο απλό.

Μπροστά τους απλωνόταν η απόλυτη ερημιά. Το μαύρο δάσος δεν υπήρχε. Ό,τι είχε απομείνει ήταν κάρβουνα που άχνιζαν ακόμη. Οι φλόγες δεν είχαν αφήσει τίποτε στο πέρασμά τους. Πώς είχαν γλιτώσει; Σηκώθηκαν και τίναξαν τα ρούχα τους. Ξεκίνησαν. Ήταν αποφασισμένοι να φτάσουν στη φωτεινή πλευρά.

Ξάφνου το έδαφος ταρακουνήθηκε κάτω από τα πόδια τους. Αντάλλαξαν ματιές κι άνοιξαν το βήμα τους. Έπρεπε να βιαστούν. Η γη άρχισε να τρέμει. Το έδαφος που άφηναν πίσω τους γέμιζε ρωγμές που βάθαιναν. Πανικοβλήθηκαν! Πίστεψαν ότι είχε έρθει το τέλος. Το επόμενο λεπτό τους βρήκε να τρέχουν για να γλιτώσουν τη ζωή τους. Τα κομμάτια που ξεκολλούσαν από την επιφάνεια της γης έπεφταν στο απύθμενο κενό.

– Πιο γρήγορα! φώναξε η Ναμίμπ στον Ανδρέα. Μας φτάνει! Πιο γρήγορα!

Πόσο πιο γρήγορα; Ο Ανδρέας κοιτούσε έντρομος το ρήγμα μπροστά τους που χώριζε τη γη στα δύο. Λίγο να καθυστερούσαν και δε θα προλάβαιναν να περάσουν απέναντι. Τώρα ήταν αυτός που φώναζε στη Ναμίμπ να τρέξει όσο πιο γρήγορα μπορούσε.

– Τρία, δύο, ένα.. Τώρα! είπε ο Ανδρέας και πήδηξαν όσο πιο μακριά μπορούσαν. Δεν θα τα κατάφερναν! Το χάσμα ήταν μεγάλο. Ο Ανδρέας ένιωσε ένα χέρι να τον τραβά τη στιγμή που έπεφτε στο κενό. Το ίδιο αόρατο χέρι τράβηξε και τη Ναμίμπ.

– Τώρα! ακούστηκε να φωνάζει και κάποιος άλλος από μακριά και ταυτόχρονα μια ψιλή τσιριχτή φωνή άφησε το στίγμα της στον αέρα.

– Ααααααααα... .....

Ο Ανδρέας και η Ναμίμπ ακόμη δεν μπορούσαν να πιστέψουν πως είχαν σωθεί. Κοιτάχτηκαν κάνοντας την ίδια σκέψη. Η Ναμίμπ χαμογέλασε πνιχτά. Ο Ανδρέας κούνησε το κεφάλι του.

Οι δύο φιγούρες που φαίνονταν στα δεξιά ήταν σκυμμένες κάτω για αρκετά λεπτά. Όταν σηκώθηκαν όρθιες όλα ξεκαθάρισαν. Η μία φιγούρα διέγραφε ένα άτομο ψηλό, γεροδεμένο. Η άλλη ήταν μικροκαμωμένη και γαντζωμένη πάνω στην πρώτη. Δεν υπήρχε πια καμιά αμφιβολία. Ήταν η Λίλι και ο Κένεθ!

Η Ναμίμπ πετάχτηκε πάνω.

– Λίλιιι…, Λίλιιι… …., εδώ! φώναζε κουνώντας τα χέρια της για να τους δουν μέσα στο σκοτάδι.

Η Λίλι δεν αντέδρασε. Δεν γύρισε καν προς το μέρος της. Η Ναμίμπ ξαναφώναξε τ᾽ όνομά της και ο Ανδρέας του Κένεθ. Καμία ανταπόκριση.

– Γιατί δε μας ακούν; ρώτησε απογοητευμένη. Είναι πολύ μακριά. Έτσι δεν είναι;

– Μπορεί. Κοίτα. Φεύγουν!

Πράγματι. Η Λίλι και ο Κένεθ έφευγαν. Ούτε τούς άκουγαν, ούτε τους έβλεπαν κι ας προχωρούσαν παράλληλα προς την ίδια κατεύθυνση. Εκτός κι αν δεν ήταν η Λίλι και ο Κένεθ. Μήπως ήταν άλλο ένα παιχνίδι του μυαλού;

– Πάμε κι εμείς, πρότεινε η Ναμίμπ ξεφυσώντας απογοητευμένη. Τα είχε με τον εαυτό της που μία ακόμη φορά είχε πιστέψει τόσο εύκολα αυτό που είχε δει.

Περπατούσαν σκεφτικοί, ταλαιπωρημένοι, μπερδεμένοι. Δεν υπήρχε μονοπάτι για ν᾽ ακολουθήσουν, δεν παραμέρι-

ζαν κλαδιά για να περάσουν. Το τοπίο ήταν γυμνό. Βρίσκο-
νταν στους πρόποδες της πιο ψηλής κορυφής. Άρχισαν ν'
ανηφορίζουν.

Ο Ανδρέας με την άκρη του ματιού του διέκρινε μια κίνηση
στα πλάγια. Αδιαφόρησε. Είχε βαρεθεί πια αυτό το παιχνίδι.
Ώσπου ακούστηκε καθαρά μια γνώριμη, μπάσα φωνή.

– Ανδρέαααααα…

Ο Ανδρέας και η Ναμίμπ δε γύρισαν. Δεν θα την πατού-
σαν ξανά.

– Ανδρέααα.. Εμείς είμαστεεε.. ξαναφώναξε ο Κένεθ ενώ
η Λίλι έτρεχε ήδη προς το μέρος τους.

Η Ναμίμπ κρατιόταν με δυσκολία. Όχι! Δεν έπρεπε να το
πιστέψει. Δεν ήταν αληθινό. Δεν..

Ο Ανδρέας την ταρακούνησε.

–Ναμίμπ, ξύπνα! Είναι όντως τα παιδιά!

Όταν στράφηκε πίσω, η Λίλι τούς είχε φτάσει. Δεν πίστε-
ψε ότι είχαν επιστρέψει στ' αλήθεια παρά μόνο όταν τους
έσφιξε στην αγκαλιά της.

Οι τέσσερις φίλοι δεν ήξεραν από πού ν' αρχίσουν. Οι
ερωτήσεις έπεφταν βροχή. Είχαν τόσα πολλά να πουν.

V

– Τι εννοείς δε θυμάσαι και πολλά; ρώτησε η Ναμίμπ τη
Λίλι έκπληκτη. Δεν θυμάσαι, δηλαδή, πού σας πήγαν;

– Όπως σου τα λέει είναι, την πρόλαβε ο Κένεθ. Όλα είναι
θολά σαν όνειρο.

– Μονάχα εικόνες διάσπαρτες, συνέχισε η Λίλι. Κάτι φωνές, κάτι μεγάλα μαύρα πουλιά, φωτιές που έπεφταν από τον ουρανό. Δεν ήταν ότι το ζούσαμε ακριβώς. Σαν να ξεπηδούσαν σκηνές από κάποια άλλη ζωή.

Η Λίλι και ο Κένεθ, που υποτίθεται θα τους εξηγούσαν τι τους είχε συμβεί, ήταν πιο μπερδεμένοι. Ο Ανδρέας τούς μίλησε για τη συνάντηση που είχαν με την κοπέλα, που τελικά δεν ήταν κοπέλα.

– Κι εμείς τη συναντήσαμε, τον διέκοψε η Λίλι. Μας είπε πολλά και πως έπρεπε να σας βοηθήσουμε γιατί κινδυνεύατε. Είπε ότι..

– ..ήμασταν εγκλωβισμένοι ανάμεσα στους δύο κόσμους; τη ρώτησε η Ναμίμπ.

– Ναι, κι έπειτα βρεθήκαμε εδώ να προσπαθούμε να γλιτώσουμε από το σεισμό.

– Πόσο δίκιο είχε ο αετός, είπε ο Ανδρέας κουνώντας το κεφάλι του. Έπαιξαν με το μυαλό μας ένα πολύ ύπουλο παιχνίδι. Μας χώρισαν κι αφού είδαν ότι δεν μπορούσαν να μας λυγίσουν με κανέναν άλλο τρόπο προσπάθησαν να μας κάνουν να τα παρατήσουμε. Γελάστηκαν!

– Κι όμως, υπάρχει κάτι ακόμη που δεν βγάζει νόημα είπε η Ναμίμπ.

– Τι; Για πες.

– Πώς γίνεται να βλέπατε τις φωτιές, ν’ ακούγατε τις φωνές αλλά να μην βλέπατε εμάς;

– Σας βλέπαμε! Εσείς δε μας βλέπατε, ούτε μας ακούγατε. Εμείς σας φωνάζαμε.

Κατάλαβαν. Δεν χρειάζονταν άλλες εξηγήσεις. Εξάλλου, δεν είχε πια σημασία ποιοι ήταν τελικά εγκλωβισμένοι και ποιοι όχι. Σημασία είχε ότι το Μαύρο Δάσος και οι σκοτεινές του δυνάμεις είχαν αποτύχει παταγωδώς. Και τα παιδιά ήταν ξανά μαζί. Μια ομάδα, μια γροθιά.

– Έτοιμοι για το Κλαδί της Δικαιοσύνης ή όπως αλλιώς λέγεται τελοσπάντων; ρώτησε ο Ανδρέας χαμογελώντας που είχε έρθει επιτέλους η ώρα να κάνει αυτή την ερώτηση.

– Πανέτοιμοι!

– Το ρωτάς;

– Εννοείται!

– Ξέρεις που πάμε;

– Φυσικά και ξέρω. Τώρα πια μπορώ να σας το φανερώσω.

– Να μας φανερώσεις τι, δηλαδή;

– Μου το είχε πει ο αετός αλλά δεν έπρεπε να το αναφέρω σε κανέναν. Ούτε κι εγώ ο ίδιος έπρεπε να το ξανασκεφτώ. Αυτό ήθελαν να κλέψουν απ' το μυαλό μας οι μαύροι γερανοί. Για να μη βρούμε ποτέ το δρόμο. Να χαθούμε και στο τέλος να κοιμηθούμε από την κούραση και όλα να τελειώσουν.

– Γι' αυτό μιλούσες με τόση σιγουριά! είπε η Ναμίμπ.

– Περίπου. Μη νομίζεις, φοβήθηκα κι εγώ. Υπήρχαν στιγμές που πίστεψα ότι δε θα φτάναμε ως εδώ. Αν τα καταφέρναμε, όμως, μου είχε πει να μετρήσουμε από το μαύρο βράχο διακόσια βήματα δίχως να λοξοδρομήσουμε και μετά να πάμε δεξιά. Λίγο παρακάτω βρίσκεται αυτό που ψάχνουμε, το Δέντρο της Δικαιοσύνης. Μου είπε πως οι μαύροι γερανοί είχαν πετάξει στη φωτεινή πλευρά για να πάρουν τους σπόρους του, παρόλο που ήξεραν πως μόλις θα γύριζαν πίσω θα έχαναν το φως τους. Κι αφού τους πήραν έκοψαν τις ρίζες του δέντρου για να ξεραθεί. Πέταξαν πίσω στα τυφλά και φύτεψαν τους σπόρους στη μαύρη κορυφή. Νόμιζαν πως έτσι θα έκλεβαν για πάντα τη δύναμή του.

– Και πού είναι ο μαύρος βράχος; ρώτησε η Λίλι.

– Κάθεσαι πάνω του! της απάντησε χαμογελώντας ο Ανδρέας.

–Ουπς!

Η Λίλι πετάχτηκε σαν να την τσίμπησε μέλισσα. Τα παιδιά γέλασαν. Ήταν η πρώτη ανέμελη στιγμή μετά από πολλές ώρες αγωνίας. Τα πειράγματα μεταξύ τους συνεχίστηκαν για λίγο ακόμη. Η παρέα ξαναέβρισκε τους ρυθμούς της.

VI

Ο Κένεθ βεβαιώθηκε ότι όλοι οι γάντζοι είχαν περαστεί σωστά πάνω στον ειδικό εξοπλισμό που είχε δέσει σφιχτά στην πλάτη του καθενός. Τα σκοινιά της ορειβασίας θα τους κρατούσαν ενωμένους.

Η ανάβαση στην τελευταία κορυφή του σκοτεινού όρους δεν έκρυβε δυσκολίες. Ο Κένεθ τούς βοήθησε δίνοντάς τους οδηγίες για το πού έπρεπε να πατούν, τη στάση που έπρεπε να είχε το σώμα τους. Τα τελευταία βήματα πριν το διακοσιοστό ήταν τα πιο ανάλαφρα που είχαν κάνει ποτέ. Ο ουρανός όσο πλησίαζαν γινόταν πιο φωτεινός. Η πυκνή σκόνη που τον κάλυπτε διαλυόταν. Ο αέρας ήταν καθαρός. Τα παιδιά προχωρούσαν έχοντας στο μυαλό τους μια εικόνα. Τη φωτεινή πλευρά και τη στιγμή που όλα θα ξαναέβρισκαν τη χαμένη τους ισορροπία.

– Εδώ είμαστε, είπε ο Ανδρέας περιμένοντας την επαλήθευση ότι είχε μετρήσει σωστά.

– Εδώ είναι, τον διαβεβαίωσε ο Κένεθ. Η Ναμίμπ και η Λίλι συμφώνησαν νεύοντας καταφατικά.

Έστριψαν δεξιά. Βρίσκονταν πια στην τελική ευθεία. Προχωρούσαν μα το μόνο που συναντούσαν ήταν η ίδια γύμνια. Δεν υπήρχε κανένα σημάδι ζωής.

– Αποκλείεται, μουρμούρισε ο Ανδρέας. Κάπου εδώ πρέπει να είναι. Ό,τι μάς έχει πει έχει βγει αληθινό.

Ήξερε, όμως. Τίποτε δεν θα τους χαριζόταν έτσι απλά. Πάντοτε τα λόγια του αετού κι όποιου άλλου είχαν συναντήσει κρατούσαν μια μικρή αλήθεια κρυφή για το τέλος. Έναν γρίφο που έπρεπε να τον λύσουν μόνοι τους, κάτι που έπρεπε να κάνουν για να φτάσουν σ' αυτό που αναζητούσαν. Οι σπόροι είχαν φυτευτεί κάπου εκεί και κανονικά θα έπρεπε να υπήρχε ένα ολόκληρο δέντρο. Εκτός και αν..

– Μα βέβαια, αυτό είναι! Πώς δε το σκέφτηκα από την αρχή;

– Τι έγινε; Θυμήθηκες τίποτε άλλο; τον ρώτησε η Ναμίμπ.

– Είναι πολύ απλό. Το δέντρο κάηκε μαζί με όλο το δάσος, πετάχτηκε η Λίλι χωρίς να ήθελε να το πιστέψει πραγματικά.

164

– Όχι απαραίτητα, απάντησε αινιγματικά ο Ανδρέας.

– Τι θέλεις να πεις;

– Μπορεί οι σπόροι να μη βλάστησαν ποτέ!

– Ποτέ; Τότε γιατί μας έστειλαν εδώ; Υποτίθεται ότι αυτός είναι ο τελευταίος μας σταθμός!

Ο Κένεθ δεν ήθελε με τίποτε να τελειώσουν όλα τόσο άδοξα.

– Ο προτελευταίος σταθμός, τον διόρθωσε η Λίλι. Ο τελευταίος είναι η φωτεινή πλευρά.

Η Ναμίμπ κατάλαβε το σκεπτικό του Ανδρέα. Τον χτύπησε χαϊδευτικά στον ώμο.

– Γι' αυτό ακριβώς μας έστειλαν. Για να υπάρξει! Ελάτε, πάμε.

Τα βήματά τους τούς οδήγησαν σ' ένα σημείο που θα προκαλούσε το ενδιαφέρον και του πιο ανυποψίαστου, πόσο μάλλον των παιδιών. Το έδαφος ήταν καμένο απ' άκρη σ' άκρη. Ένα μικρό κομμάτι γης, όμως, ξεχώριζε. Ήταν ζωντανό. Σκορπούσε μια γλυκιά, αδιευκρίνιστη μυρωδιά. Η Λίλι παραμέρισε ευγενικά τον Ανδρέα και τη Ναμίμπ για να περάσει και χαμήλωσε από πάνω του. Το χώμα ήταν ξερό αλλά όχι άγονο.

– Σας έχει περισσέψει νερό; Όσο έχουμε θα το χρειαστούμε.

Η Λίλι έβγαλε από το σακίδιό της τα σακουλάκια με τα βότανα. Διάλεξε προσεκτικά μερικά. Τα έβαλε να μουλιάσουν στο βραστό νερό που είχε διατηρήσει τη θερμοκρασία του μέσα στο ειδικό παγούρι. Όσο περίμενε τα βότανα να ελευθερώσουν τις ευεργετικές τους ιδιότητες σκάλισε το χώμα με τα χέρια της.

«Πρέπει ν' αναπνεύσει!» μονολόγησε.

Ο Κένεθ κάτι πήγε να τη ρωτήσει αλλά δεν του άφησε κανένα περιθώριο. Όταν το νερό κρύωσε το άδειασε σ' ένα από τα μισογεμάτα μπουκάλια και συμπλήρωσε νερό μέχρι επάνω. Ήταν έτοιμο. Τότε γονάτισε μπροστά στο φρεσκο-σκαλισμένο χώμα κι άρχισε να σιγοτραγουδά ένα μελω-δικό σκοπό στη μητρική της γλώσσα. Με το ένα χέρι της έγερνε το μπουκάλι και με το άλλο ράντιζε τη γη. Τα λε-πτοκαμωμένα της δάχτυλα εκτελούσαν αρμονικά τις ρυθ-μικές κινήσεις ενός πανάρχαιου κινέζικου τελετουργικού για την ευφορία της γης. Κι όσο πότιζε το έδαφος τόσο η γλυκιά μυρωδιά γινόταν πιο μεθυστική. Κι ένας πράσινος βλαστός ξεπρόβαλε δειλά μέσα από το ποτισμένο χώμα. Κι άρχισε να μεγαλώνει και να ψηλώνει και οι ρίζες του ν' απλώνονται βαθιά μέσα στη γη. Βιαζόταν ν' αποκτήσει γερό κορμό και κλαδιά που δε θα λύγιζαν στους δυνατούς ανέμους. Έτρεχε να προφτάσει το χρόνο που τού είχαν κλέ-ψει. Μέσα σε λίγα λεπτά δέσποζε στην πιο ψηλή κορυφή του μαύρου βουνού. Τα παιδιά είχαν μείνει άφωνα. Όπως τότε που είχε χτιστεί μπροστά στα μάτια τους ο ναός του Απόλλωνα.

Το Δέντρο της Δικαιοσύνης είχε πολλά κλαδιά με πυκνό φύλλωμα. Ποιο ήταν το πιο γερό; Τώρα πια, όμως, ήξεραν. Το πιο γερό δε σήμαινε απαραίτητα το πιο μεγάλο. Δεν άργησαν να το εντοπίσουν. Φώναξαν και οι τέσσερις ταυτόχρονα.

– Νάτο! Εκεί είναι!

Ήταν ψηλά. Δεν το έφταναν.

– Μια λύση υπάρχει, πρότεινε ο Κένεθ γυρνώντας προς τη Λίλι.

– Τι; Θα με πετάξεις πάνω στο δέντρο; αστειεύτηκε.

– Μπορείς να το πεις κι έτσι.

Η Λίλι ήταν τόσο μικροκαμωμένη που ο Κένεθ τη σήκωσε με μεγάλη ευκολία στους ώμους του και χάθηκαν μέσα στα κλαδιά.

– Το βλέπεις; τη ρώτησε ανυπόμονα η Ναμίμπ.

– Ναι, το βλέπω αλλά δεν το φτάνω. Κένεθ, λίγο πιο αριστερά.

Τώρα ήταν ακριβώς κάτω από ένα μεγάλο κλαδί, ίσως το πιο μεγάλο του δέντρου. Όχι, δεν ήταν αυτό το πιο γερό. Υπήρχε ένα άλλο πιο μικρό, το πιο λεπτό κλαδάκι απ' όλα. Είχε, όμως, κάτι που δεν είχε κανένα άλλο. Μια ελιά κρεμόταν στην άκρη του. Η μοναδική σ' όλο το δέντρο. Αυτό ήταν το πιο γερό, το Κλαδί της Δικαιοσύνης.

Η Λίλι τέντωσε το κορμί της και το έπιασε απαλά από τη βάση του. Μόλις το ακούμπησε το κλαδάκι αφέθηκε από μόνο του στο χέρι της. Το έκλεισε προστατευτικά στην παλάμη της και ο Κένεθ την κατέβασε. Μόλις πάτησε στο έδαφος η μαύρη κορυφή λούστηκε στο φως. Μια ζεστή αύρα χάιδεψε τα πρόσωπά τους. Μια λάμψη εκτυφλωτική τους

167

έγνεψε να την ακολουθήσουν. Κι όσο προχωρούσαν τόσο οι αισθήσεις τους αναγνώριζαν τον καινούριο κόσμο. Το βουητό της απέραντης ερημιάς είχε σωπάσει. Γνώριμοι ήχοι γαργάλευαν τ' αφτιά τους. Η βαριά μυρωδιά του καμένου είχε χαθεί. Κόντευαν..

Η αρμονία

Προχωρούσαν με γοργά βήματα. Δεν μπορούσαν να περιμένουν άλλο. Κάθε δευτερόλεπτο παραπάνω ήταν βασανιστικό. Όταν πέρασαν στη φωτεινή πλευρά ανταμείφθηκαν για όσα είχαν περάσει. Ακόμη κι όλες οι γλώσσες του κόσμου να ένωναν τις γνώσεις τους δεν θα μπορούσαν να περιγράψουν αυτό που αντίκρισαν τα παιδιά. Ακόμη και τα πιο εντυπωσιακά επίθετα, οι πιο μελωδικές λέξεις θα έμοιαζαν φτωχικές μπροστά σ' αυτό το μεγαλείο. Πώς ήταν; Όπως το είχε φανταστεί ο καθένας με τα μάτια της ψυχής του.

Η Λίλι έβλεπε μπροστά της ένα ατελείωτο λιβάδι με κυκλάμινα και μυρωδιές από την Ανατολή. Η Ναμίμπ όπως τα καλοκαίρια που ταξίδευε στην Κρήτη και βουτούσε στα καταγάλανα νερά της. Ο Κένεθ σαν να έτρεχε στα καταπράσινα γραφικά χωριουδάκια της βόρειας Αγγλίας κι ο Ανδρέας στα αγαπημένα του δάση πάνω στα βουνά με τις κρυστάλλινες πηγές και τη θάλασσα πέρα στον ορίζοντα.

Έτσι πρόσταξε ο μύθος. Οι σύντροφοι του αετού να διασχί-
σουν το σκοτάδι και στο τέλος ν' αντικρίσουν την πιο γλυ-
κιά τους ανάμνηση. Τον καθρέφτη της ψυχής τους. Έτσι κι
έγινε. Το κλαδί της ελιάς τους φανέρωσε το δρόμο. Κι όλοι
μαζί ανακάλυψαν την Πηγή της Αλήθειας. Ένα ατελείωτο
ποτάμι με καθάρια νερά που ταξιδεύει μέσα στους αιώνες
κρύβοντας στο βυθό του όλα τα μυστικά, τα ψέματα και τις
αλήθειες. Και η αλήθεια για τον κάθε άνθρωπο είναι μία
και μοναδική.

Οι τέσσερις φίλοι άφησαν το κλαδί στην άκρη του ποτα-
μού και το κοιτούσαν καθώς ξεμάκραινε. Τα νερά το παρέ-
συραν στο ταξίδι τους και μαζί παρέσυραν και το χρόνο. Κι
ο χρόνος γύρισε πίσω κι έσβησε όλες τις άσχημες στιγμές.
Κι άφησε πίσω του μια γλυκιά γεύση, μια παραμυθένια ανά-
μνηση.

Την ίδια στιγμή, κάπου μακριά στη μέση του απέραντου
πελάγους, εκεί που ξεπετάγεται μέσα από τα βάθη της θά-
λασσας ο πιο ψηλός βράχος της γης και φτάνει πάνω από τα
σύννεφα, ο άνεμος άλλαζε κατεύθυνση και το κρύο γινόταν
ένα με τη ζέστη. Στον ουρανό ο ήλιος και το ολόγιομο φεγ-
γάρι στάθηκαν δίπλα-δίπλα ρίχνοντας τη λάμψη τους στη
σπηλιά που έκρυβε για αιώνες το μεγάλο μυστικό. Στο βάθος
της σπηλιάς το αυγό κουνήθηκε, ράγισε. Ένα μικρό ράμφος
έσπασε το κέλυφος. Ο νεογέννητος μικρός αετός πήρε την
πρώτη του ανάσα και βιαζόταν να πάρει πίσω τη ζωή που του
είχαν κλέψει. Η κλωστή δεν είχε άλλους κόμπους. Το κου-

βάρι θα τυλιγόταν ξανά από την αρχή με κινήσεις αργές. Η αρμονία επέστρεφε.

Το ίδιο καλοκαίρι..

– Νάτος! Επιτέλους! είπε η Ναμίμπ και σηκώθηκε όρθια. Τι καθόμαστε; Πάμε, είπε ανυπόμονα στη Λίλι και τον Κένεθ που κάθονταν στο τραπεζάκι κάτω από τη σκιά.

Η Λίλι τράβηξε τον Κένεθ από το χέρι.

– Φύγαμε!

Ο Ανδρέας τούς χαμογέλασε πλατιά από μακριά. Πόσο την περίμεναν αυτή τη στιγμή! Το καλοκαίρι επιτέλους είχε έρθει και θα περνούσαν μαζί όλο τον Ιούλιο. Το οργάνωναν εδώ και μήνες. Και τα είχαν καταφέρει. Ευτυχώς που υπάρχουν και οι κατασκηνώσεις! Τα κορίτσια έβαλαν τις τσιρίδες και έτρεξαν στην αγκαλιά του. Ο Ανδρέας κοντοστάθηκε.

– Συγνώμη είπε χαμηλόφωνα με ύφος συνωμοτικό. Μήπως έχετε ώρα;

Τα κορίτσια τον κοίταξαν περίεργα.

– 02:15, του απάντησε ο Κένεθ κάνοντας πως κοιτά καχύποπτα δεξιά κι αριστερά μη τυχόν τους άκουγε κανείς.

– Το ήξερα. Απλά ήθελα να σιγουρευτώ, πρόσθεσε ο Ανδρέας και του ξέφυγε ένα πνιχτό γέλιο.

Την ίδια στιγμή και οι τέσσερις είχαν γίνει μια αγκαλιά σαν να είχαν να ιδωθούν χρόνια ολόκληρα. Αυτό που τους έδενε ήταν κάτι πολύ σπάνιο που κανένας άλλος δε θα μπορούσε να καταλάβει.

Κάθισαν στο τραπεζάκι. Οι ερωτήσεις έπεφταν βροχή. Οι φωνές τους μπερδεύτηκαν. Μιλούσαν πάλι όλοι μαζί. Ήταν σαν να μην είχε περάσει ούτε μια μέρα.

– Έχει αφόρητη ζέστη, σχολίασε λίγο μετά ο Κένεθ.

– Αφόρητη δε λες τίποτα! συμφώνησε ο Ανδρέας κάνοντάς του νόημα με τα μάτια.

Η Ναμίμπ σαν κάτι να έπιασε στον αέρα.

– Λίλι.., είπε μέσα από τα δόντια της. Κάτι δεν πάει καλά εδώ. Σήκω!

Πριν να το καταλάβει ο Ανδρέας την είχε ήδη αρπάξει από τη μέση και ο Κένεθ είχε πάρει τη Λίλι στον ώμο του κι έτρεχαν προς τη θάλασσα. Με τις φωνές και τα γέλια τους ξεσήκωσαν όλη την κατασκήνωση. Τις έριξαν στη θάλασσα κι από πίσω τους βούτηξαν κι αυτοί. Με τα ρούχα! Όλοι τούς κοιτούσαν απορημένοι. Δε τους ένοιαζε όμως. Είχαν ξανασμίξει και θα περνούσαν ένα υπέροχο καλοκαίρι. Το άξιζαν και με το παραπάνω.

Αργά το απόγευμα ο ήλιος άρχισε να δύει πίσω από τη θάλασσα πλημμυρίζοντας με τ' απαλά του χρώματα όλη την παραλία. Τα παιδιά κάθονταν στην άμμο. Ήταν το πιο μαγευτικό ηλιοβασίλεμα που είχαν δει ποτέ. Καθώς το κοιτούσαν οι αναμνήσεις τους τούς παρέσυραν σ' ένα μεθυστικό ταξίδι. Τότε ήταν που τον είδαν, σαν μια μικρή κουκίδα να διασχίζει το απέραντο πορτοκαλί του ουρανού. Ο άσπρος αετός πετούσε ελεύθερος μετά από εκατοντάδες χρόνια. Τους είχε υποσχεθεί ότι θα τους έβλεπε στη φωτεινή πλευρά και κράτησε την υπόσχεσή του. Όπως πάντα. Τούς ευχαρίστησε με αυτόν τον τρόπο και το αμέσως επόμενο δευτερόλεπτο η εικόνα του χάθηκε. Πετώντας μακριά πίσω στο χρόνο ξαναγύρισε στον κόσμο που ανήκε.

Καλή αντάμωση, παιδιά!

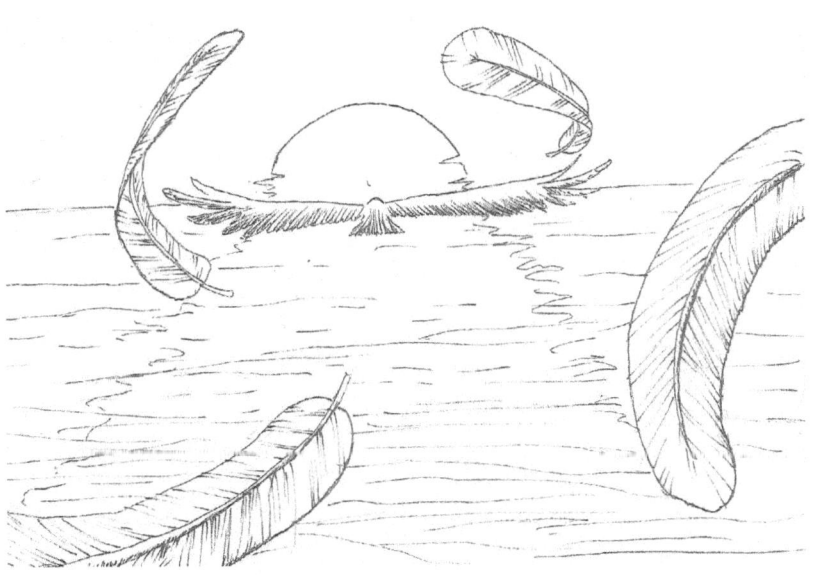

Παραπομπές

1.   Η Στυξ ήταν ένα από τα τέσσερα ποτάμια που περιέρρεαν τον κάτω κόσμο. Τα άλλα τρία ήταν ο Πυριφλεγέθων, ο Κωκυτός και ο Αχέρων.

2.   Ύβρις ήταν η αλαζονική συμπεριφορά του ομηρικού ανθρώπου, που προκαλούνταν από την τύφλωση του νου του (άτη).

3.   Νέμεσις ήταν οργή των θεών που προκαλούνταν από την αλαζονική συμπεριφορά των θνητών.

4.   Θριγκός λεγόταν το τμήμα του ναού πάνω από τα κιονόκρανα.

5.   Αέτωμα λεγόταν η τριγωνική πρόσοψη του ναού.

6.   Κ. Κερένϋι, Η μυθολογία των Ελλήνων, Βιβλιοπωλείον της «ΕΣΤΙΑΣ» 2009, σελ. 38.

7.   «Επιφάνεια» ήταν η θεαματική αποχώρηση των θεών (συνήθως με τη μορφή κάποιου πουλιού) μετά τη συνάντηση τους με τους θνητούς, κατά την οποία αποκαλυπτόταν η θεϊκή τους ταυτότητα.

www.ingramcontent.com/pod-product-compliance
Lightning Source LLC
Chambersburg PA
CBHW050347030726
47503CB00008B/2655